पराक्रम

पराक्रम

(भारतीय सेना की शौर्य गाथाएँ)

दिनेश काण्डपाल

प्रभात
पेपरबैक्स
www.prabhatbooks.com

प्रकाशक

प्रभात पेपरबैक्स

प्रभात प्रकाशन प्रा. लि. का उपक्रम

4/19 आसफ अली रोड, नई दिल्ली–110002

फोन : 23289777 • हेल्पलाइन नं. : 7827007777

इ-मेल : prabhatbooks@gmail.com ❖ वेब ठिकाना : www.prabhatbooks.com

संस्करण

2021

मूल्य

दो सौ रुपए

मुद्रक

नरुला प्रिंटर्स, दिल्ली

PARAKRAM *(Stories fo Valour of Indian Army)*
by Shri Dinesh Kandpal

Published by **PRABHAT PAPERBACKS**
An imprint of Prabhat Prakashan Pvt. Ltd.
4/19 Asaf Ali Road, New Delhi-110002

ISBN 978-93-5322-138-6

₹ 200.00

दुनिया भर के उन
अनगिनत वीर सपूतों को समर्पित
जिन्होंने जन्मभूमि के लिए अपने प्राणों का
उत्सर्ग कर दिया। वो वीर जो युद्ध भूमि से
न कभी लौटे, न उनकी कोई खबर आई।

लेखक की बात

पिता श्री नारायण दत्त काण्डपाल फौज में थे इसलिए इस बैरेट और बूट हमेशा आँखो के सामने रही। रियारमेंट के बाद पिताजी ने छोटा सा रेस्टोरेंट खोला। माँ बसन्ती देवी पिताजी के साथ फौज के दिनों के किस्से सुनाया करती और बड़े मनोयोग से बताती कि फौजी जीवन कैसा होता है, कितना कठिन और अनुशासित। शाम को हमारी दुकान पर इलाके के तमाम रिटायर्ड फौजी आते, और घंटो गपशप चलती रहती। अमूमन ये गपशप दुनिया भर के मसलों पर होती थी और उन्हीं बातों के बीच में से कभी कभी लड़ाईयों के रोंगटे खड़े कर देने वाले किस्से निकल आते। जोश और जज्बातों के साथ कही गई ये कहानियाँ मन में अपार ऊर्जा और फौजियों के लिए गर्व का भाव भर देती थीं। चाय की चुस्की लेते फौजी जब कभी साल 1962 के वेलोंग युद्ध का जिक्र करते तो उनकी पलकें भीग जाती थीं, लेकिन तभी हवा का कोई झोंका उन्हें जैसे साहस का सबंल दे जाता और वो बोल पड़ते···अरे दस-दस को मारा था वहाँ पर। एक एक फौजी ने दस दस को मारा···गोलियाँ खत्म हो गईं हमारी। इन्हीं कहानियों में मैंने मेजर सोमनाथ शर्मा का नाम सुना, मेजर शैतान सिंह की छाती पर लगी उन गोलियों की गूँज सुनी जो रीजांग-ला के पठार में 18 नवंबर के दिन चली थीं। इन्हीं कहानियों में गढ़वाल रायफल के उस बहादुर सिपाही उनियाल के बारे में सुना जिसने पाकिस्तानी गोलाबारी की परवाह न करते हुए इच्छोगिल की नहर को पाकिस्तानियों के खून से लाल कर दिया।

ये संयोग ही था कि मेरे कस्बे चौखुटिया से थोड़ी ही दूरी कुमाऊँ रेजीमेंट का रेजीमेंटल सेंटर रानीखेत है। रानीखेत के सोमनाथ ग्राउंड में परेड करते फौजियों के जय घोष कई दिनों तक मेरे कानों में गूँजते, घिंघारीखाल के पास फायरिंग रेंज में जब कभी गोलियाँ चलतीं तो मैं वहीं ठिठक जाता। फौजी

जीवन का ये परिचय मुझे रानीखेत में मिला और एक फौजी का अनुशासन अपने घर पर पिता से। यहीं से मेरे और भारतीय फौज के बीच एक बिना कहा, बिना लिखा रिश्ता शुरू हो गया।

12वीं तक की पढ़ाई चौखुटिया में ही हुई उसके बाद 1995 में ग्रेजुएशन के लिए दिल्ली यूनिवर्सिटी में आ गया। तभी 13 जून, 1997 का दिन आया, जब जे.पी. दत्ता की फिल्म बॉर्डर रिलीज हुई। 1971 में लोंगेवाला की लड़ाई और मेजर कुलदीप सिंह चाँदपुरी की बहादुरी को दिखाती इस फिल्म के लिए पागलपन कहिए या जुनून, मैंने इसे पर्दे पर 50 बार देखा। सबसे ज्यादा बार राजौरी गार्डन के विशाल सिनेमा में देखा क्योंकि वो राजधानी कॉलेज के सामने था और वहाँ महज 10 रुपए में आगे की टिकट मिल जाती थी।

दिल्ली यूनिवर्सिटी में पढ़ाई के दौरान ही ऑल इंडिया रेडियो में प्रोग्राम करने का मौका मिल गया और उसी वजह से करगिल लड़ाई की रिपोर्टिंग को भी करीब से देख पाया।

पत्रकारिता में आया तो कई बार प्रोग्राम के लिए रिसर्च करते वक्त युद्ध के दौरान हुई घटनाओं की जानकारी की जरूरत पड़ती थी। मैं हैरान था कि इंग्लिश में तो इस पर काफी काम हुआ था लेकिन हिंदी में भारतीय सेना द्वारा लड़े गए युद्धों की बेहद सीमित जानकारी थी।

मेरा दृढ़ विश्वास था कि हिंदी में अगर इन कहानियों को लिखा जाय तो ज्यादा पाठकों तक तो पहुँचेगी ही, हमारे वीर सैनिकों के उस अदम्य साहस और शौर्य को भी लोग जान पाएँगे जिसे अब तक गिने चुने लोग ही जानते हैं। भारतीय सेना ने जिन विषम परिस्थितियों में ये लड़ाईयाँ लड़ी हैं और जीती हैं उन्हें जानकर आपका सीना गर्व से प्रभुल्लित हो जाएगा।

आज जब ये पुस्तक हाथ में है तो मुझे विश्वास है कि इसकी एक-एक कहानी आपको बताएगी कि कैसे विपरीत परिस्थितियों में हमारी सेना के बहादुर योद्धाओं ने देश के लिए जान की बाजी लगाई। ये मेरा धर्म है कि मैं उनकी बहादुरी की कहानी आपको बताऊँ ताकि आनेवाली पीढ़ियाँ उनके बलिदान को हमेशा याद रख सकें।

आभार

टेलीविजन के लिए एक प्रोग्राम की रिसर्च के दौरान कर्नल एन.एन भाटिया का रीजांग-ला की लड़ाई पर लिखा एक आर्टिकल पढ़ा, कर्नल साहब ने इतनी बारीकी से उस युद्ध का वर्णन किया था कि मुझे लगा मैं उसी युद्ध भूमि पर खड़ा होकर सब कुछ देख रहा हूँ। उसी दिन मैंने तय किया कि ये जानकारी सभी लोगों तक पहुँचनी चाहिए।

मैंने सबसे पहली कहानी रीजांग-ला की ही लिखी। कर्नल भाटिया ने उदार हृदय से मुझे अपनी कहानी के अंश छापने की इजाजत तो दी ही, साथ ही इस पुस्तक को लिखने में भी पग-पग पर मार्गदर्शन किया। मैंने रिसर्च की सामाग्री जुटाने के लिए उन जवानों और अफसरों से बात की, जिनका ताल्लुक किसी भी तरह से इन लड़ाइयों से रहा। बहुत सारी पुस्तकें और आर्टिकल पढ़ते हुए मेरा विश्वास और मजबूत होता चला गया कि यह पुस्तक हिंदी में आनी ही चाहिए।

करीब दस कहानियाँ लिखने के बाद मेरी मुलाकात कुछ खास लोगों से हुई, उन लोगों ने भी मेरा हौसला बढ़ाया तो यह संग्रह 16 कहानियों तक पहुँच गया। इस बीच मेरा बेटा देवव्रत काण्डपाल 10 साल का हो गया, आखिरी की करीब 5 कहानियों में देवव्रत ने इतनी महत्त्वपूर्ण भूमिका निभाई की उसका जिक्र किए बिना यह प्रस्तावना पूरी नहीं हो सकती। देवव्रत को हम घर पर 'राम' कहते हैं। कहानी का चयन होने के बाद पहला काम होता था उस जगह की भौगोलिक स्थिति के बारे में जानना। हम दोनों बाप-बेटे

सुबह कहानी पर हलकी चर्चा करते और शाम तक राम मेरे लिए वॉर रूम तैयार रखता।

राम ने ही मुझे बताया कि अरुणाचल की लोहित वैली कैसी है ? असल उत्तर का दलदल कैसे बनाया गया और तोलोलिंग पर कितनी बार एवं किस-किस तरह से आक्रमण हुआ। सियाचिन की चोटियों के नाम तो उसने रट लिये, उसे हर चोटी की ऊँचाई भी पता थी। वह भारतीय सेना के परंपरागत हथियारों के बारे में भी ठीक से जान गया। मेरे फ्रिज की एक साइड हमारे वॉर रूम की स्क्रीन बन गई, उसी पर हम नक्शे चिपकाते थे और लड़ाई का रूट देखते थे। कई मौके पर तो राम ने मेरी गलतियाँ भी ठीक कीं।

http://bharat-rakshak.com—इस वक्त एक ऐसी विश्वसनीय वेबसाइट है, जिस पर भारतीय सेना के तीनों अंगों का सबसे ताजातरीन जानकारी तो रहती ही है, साथ ही इतिहास का खजाना भी रहता है। कर्नल एन.एन. भाटिया, कर्नल भास्कर सरकार, एल.एन. सुब्रमण्यन जैसे लेखकों के http://bharat-rakshak.com वेबसाइट पर छपे आर्टिकल ने मुझे रिसर्च में सबसे ज़्यादा मदद की।

पुस्तक की कुछ कहानियाँ लिखने के बाद मैंने डिफेंस कॉरेसपोंडेंट मंजीत नेगी को इसके बारे में बताया। मंजीत भाई ने रिसर्च और बाद की प्रक्रिया में भरपूर मदद की। 'इंडिया टीवी' में मेरे सहयोगी और डिफेंस कॉरेसपोंडेंट मनीष प्रसाद ने हमेशा खुले मन से मेरा संपर्क उन लोगों से करवाया, जो इस पुस्तक के शोध में मदद कर सकते थे। भारत के मशहूर डिफेंस कॉरेसपोंडेट नितिन गोखले ने पहली ही मुलाकात में इतना जोश भर दिया कि पुस्तक का काम दोगुनी गति से चलने लगा।

माता-पिता की प्रेरणा से यह काम पूरा हो रहा है, उन्हें कोटि-कोटि नमन। मेरी पत्नी हरिता ने मुझे वो माहौल दिया कि मैं इस पुस्तक का काम निर्बाध रूप से पूरा कर सका। नौछमी नारैणा पर पुस्तक लिख चुके मनु पवार बताते चले गए कि इसे पुस्तक की शक्ल कैसे दी जा सकती है और कैसे इसे छपवाया जा सकता है। जामिया मिलिया इस्लामिया में असिस्टेंट प्रोफेसर

भारती शर्मा ने टाइटल और प्रूफ को लेकर बड़ा सहयोग दिया। ज्योति बंगारी रावत हर रोज का अपडेट लेकर पूछते रहे कि काम समय पर हो रहा है या नहीं? परिवार में दीदी बिमला मठपाल, हरीश मठपाल, उमा जोशी, सुरेश जोशी, छोटे भाई ललित काण्डपाल और नम्रता काण्डपाल का विशेष शुक्रिया। मेरे ससुर नवनीत पिथाड़िया और सास तरुलताजी का तहे दिल से आभार।

लेखक व कवि स्वर्गीय पंकज सिंह ने पुस्तक की शुरुआत करने में अहम योगदान दिया। उनकी पत्नी और कवयित्री सविता सिंह हमेशा मार्गदर्शन करती रही हैं।

अनुक्रम

1

बडगाम की लड़ाई ने कश्मीर बचा लिया—1948

वीर भोग्या वसुंधरा

14–15 अगस्त, 1947 को दुनिया ने धर्म के नाम पर सबसे क्रूरतम विभाजन देखा। एशिया में पहली बार धर्म के नाम पर कोई देश बना और सरहद की ये लकीरें आनेवाली पीढ़ियों के लिए नासूर बन गईं। पहले 14 अगस्त को पाकिस्तान आजाद हुआ और रात 12 बजे जब तारीख बदलकर पंद्रह अगस्त हो गई, तब भारत की आजादी की घोषणा की गई।

15 अगस्त, 1947 को जब भारत ने आजादी का सवेरा देखा, तभी उसे क्षितिज पर उगते सूरज के साथ वे चुनौतियाँ भी दिखनीं शुरू हो गईं, जो अब अंदर से ही आनेवाली थीं। अंग्रेजों ने सभी राजाओं को यह विकल्प दिया था कि वे चाहें तो भारत या पाकिस्तान किसी के भी साथ जा सकते हैं, उन्हें यह मौका भी दिया गया कि वे खुद को आजाद मुल्क के तौर पर घोषित कर सकते हैं। जम्मू-कश्मीर समेत देश के अंदर कई सूबे थे, जो अंग्रेजों के प्रस्ताव

मेजर सोमनाथ शर्मा

की आड़ में अलग मुल्क बनाने का सपना देखने लगे। इन राजाओं ने कभी भी अपनी प्रजा की इच्छा का सम्मान नहीं किया। भारत और पाकिस्तान का विभाजन धर्म के आधार पर हुआ और इसी को आधार बनाकर कुछ रजवाड़े नई चालें चलने लगे। पाकिस्तान की नजर पहले दिन से ही जम्मू-कश्मीर पर लग गई थी। 2 लाख 22 हजार वर्ग किलोमीटर से ज्यादा का क्षेत्रफल रखनेवाले इस पहाड़ी राज्य में मोहम्मद अली जिन्ना अपने आखिरी दिन गुजारना चाहते थे। यह राज्य प्राकृतिक तौर पर समृद्ध है, इसलिए पूरी दुनिया के पर्यटक लाखों की तादात में यहाँ आते हैं। प्रकृति के इस वरदान को पाकिस्तान की बुरी नजरों ने पहले दिन से ही साजिशों के हवाले कर दिया।

जम्मू-कश्मीर के महाराजा हरिसिंह स्वतंत्र रहना चाहते थे, लेकिन सामरिक स्थितियों को देखते हुए उन्हें यह सलाह दी गई कि अगर वे अलग रहे तो कश्मीर उनके हाथ से निकल जाएगा। हरिसिंह ने भारत और पाकिस्तान के सामने यथास्थिति का प्रस्ताव रखा, पाकिस्तान ने फौरन इसे मान लिया, जबकि भारत ने अपनी स्थिति साफ करते हुए कहा कि यह प्रस्ताव मंजूर नहीं है। इधर महाराजा हरिसिंह समय ले रहे थे, वहीं पाकिस्तान ने जम्मू-कश्मीर को हड़पने के लिए पहला बड़ा दाँव चल दिया था। भारत इस मामले में सुस्ती दिखा रहा था, जवाहरलाल नेहरू को उम्मीद थी कि कश्मीर खुद भारत के पास चला आएगा, इसलिए वे शेख अब्दुल्ला को दिल्ली में दावतें दे रहे थे। इतिहासकार और कई जानकारों ने तो यह भी लिखा है कि जब महाराजा हरिसिंह ने भारत से मदद माँगी तो उनका सचिव भारतीय मंत्रियों के दफ्तर के चक्कर लगाता रहा, लेकिन उसे किसी ने पूछा तक नहीं।

इस बीच 2 अक्तूबर, 1947 को जम्मू-कश्मीर की राजनीतिक पार्टी नेशनल कॉन्फ्रेंस की वर्किंग कमेटी ने प्रस्ताव पास करके यह फैसला किया कि जम्मू-कश्मीर के भारत में विलय का समर्थन किया जाएगा। इस प्रस्ताव से पाकिस्तान के कान खड़े हो गए, उसने तुरंत ऐक्शन लिया। पाकिस्तान ने कबाइलियों के बीच अपने फौजियों को रखा और कश्मीर पर आक्रमण कर दिया। यह लड़ाई भी धर्म के नाम पर लड़ी जा रही थी और आक्रमणकारी

कबाइलियों में पाकिस्तानियों के साथ-साथ अफगान लड़ाके भी थे। इन कबाइलियों ने कश्मीर में घुसते ही लूट-पाट मचा दी और बारामूला के रास्ते श्रीनगर की तरफ बढ़ने लगे। बारामूला शहर के अंदर हिंदुओं को चुन-चुनकर मारा जाने लगा, उनके घरों को आग लगा दी गई, माँ-बहनों की इज्जत से खिलवाड़ किया गया। इस अराजकता को रोकने के लिए महाराजा हरिसिंह के पास कुछ नहीं था।

कश्मीर के हालात की खबरें दिल्ली तक पहुँच रही थीं। भारत के गवर्नर जनरल माउंटबेटन तब तक कश्मीर में फौज भेजने के पक्ष में नहीं थे, जब तक महाराजा हरिसिंह विलय के दस्तावेजों पर दस्तखत न कर दें। इस बीच कबाइलियों और श्रीनगर के बीच की दूरी कम होने लगी। 20 अक्तूबर, 1947 तक हरिसिंह को यह समझ आ गया कि इन हमलावरों को अगर नहीं रोका गया तो कश्मीर तो उनके हाथ से निकलेगा ही, उनका खुद का इकबाल भी खत्म हो जाएगा। आखिरकार 26 अक्तूबर, 1947 को हरिसिंह ने विलय के दस्तावेजों पर दस्तखत कर दिए। 27 अक्तूबर को भारतीय फौज को कश्मीर की रक्षा करने का हुक्म सुना दिया गया।

यह कहानी आजाद भारत की पहली लड़ाई के तौर पर भी जानी जाती है। यह युद्ध उस वक्त हुआ, जब भारतीय सेना की न तो तैयारी थी और न ही उसे अंदेशा था कि ये नौबत आ सकती है। हथियार और गोला-बारूद के साथ-साथ दूसरे संसाधन भी सीमित मात्रा में ही उपलब्ध थे, लेकिन संसाधनों की कमी कभी साहस के आड़े नहीं आई। भारतीय शूरवीरों के पराक्रम को न तो तैयारी की जरूरत पड़ी और न ही किसी बड़े हथियार की। अपनी रायफल और चौकन्नी निगाहों से उन्होंने दुश्मन का खात्मा कर दिया।

पाकिस्तान अपने सैनिकों को कश्मीर में भेजकर दुनिया की नजर में खलनायक नहीं बनना चाहता था, इसलिए उसने दूसरे रास्ते अपनाए। अपने ही कुछ जवानों के साथ 700 कबाइलियों को श्रीनगर पर कब्जा करने के लिए भेज दिया। पाकिस्तान ने इन आतंकियों को खतरनाक हथियार मुहैया करवाए और यह उम्मीद रखी कि घाटी के लोग उसके समर्थन में उतर आएँगे।

1 नवंबर, 1947 को 500 से ज्यादा आतंकी श्रीनगर के करीब पहुँच गए। भारतीय सेना को किसी भी कीमत पर श्रीनगर की रक्षा का आदेश दिया गया और ऑपरेशन शुरू हो गया। मेजर सोमनाथ शर्मा के नेतृत्व में 4 कुमाऊँ ने वीरता की वह कहानी लिखी, जिससे न केवल आतंकियों की टुकड़ी बर्बाद हो गई, बल्कि पाकिस्तान का पूरा प्लान ही फेल हो गया।

महाराजा हरिसिंह को दिए गए भरोसे के मुताबिक सबसे पहले श्रीनगर एयरपोर्ट की सुरक्षा सुनिश्चित की जानी थी। पाकिस्तानी आतंकी तीन तरफ से श्रीनगर को घेर रहे थे। एक जत्था वूलर झील के उत्तर से शहर की तरफ बढ़ रहा था, दूसरा मुजफ्फराबाद-बारामुला-पाटन के रास्ते से आ रहा था और तीसरा जत्था गुलमर्ग की तरफ से श्रीनगर को घेरने की फिराक में था। ये खबरें लगातार आ रही थीं कि 'आतंकियों का एक बड़ा जत्था श्रीनगर की ओर कूच कर रहा है', लेकिन कोई ठोस सूचना किसी के पास नहीं थी। आतंकी इतनी तेजी से श्रीनगर की ओर बढ़ रहे थे कि वे जल्द ही श्रीनगर के एयरपोर्ट पर कब्जा करके भारतीय जहाजों को आने से रोक सकते थे। इतना ही नहीं वे पाटन के दक्षिण से बिना किसी रुकावट के श्रीनगर में घुस सकते थे।

बडगाम लड़ाई से पहले मेजर सोमनाथ शर्मा

इस नाजुक मौके पर जिस ब्रिगेड को श्रीनगर की सुरक्षा की जिम्मेदारी सौंपी गई, वह पंजाब में रिफ्यूजियों की सुरक्षा के लिए लगाई गई थी। रातोंरात उसे श्रीनगर की सुरक्षा के जिम्मेदारी दी गई। भारतीय सैनिकों को केवल श्रीनगर एयरपोर्ट, मगाम और पाटन में तैनात किया गया। महाराजा

हरिसिंह की रियासत के सुरक्षा गार्डों को वूलर झील के उत्तर में टोह लेने का काम दिया गया।

मेजर सोमनाथ शर्मा 4 कुमाऊँ का नेतृत्व कर रहे थे, उनके एक हाथ में प्लास्टर बँधा हुआ था, उसी हालत में उनकी पूरी कंपनी को हवाई जहाज से श्रीनगर में उतारा गया।

161 इन्फेंट्री ब्रिगेड के ब्रिगेडियर एल.पी. सेन की श्रीनगर में नई तैनाती थी, उन्होंने तय किया कि बडगाम में एक मजबूत पेट्रोलिंग पार्टी भेजी जाए, जो पूरा इलाका देखे, साथ ही बडगाम और मगाम के बीच में आतंकियों की हरकतों का जायजा ले सके। पेट्रोल में 4 कुमाऊँ को आगे रहना था, जबकि 1 कुमाऊँ को उनकी मदद के लिए तैयार किया गया। 1 कुमाऊँ को आगे जाकर मगाम में 1 पंजाब से संपर्क करना था और सड़क के रास्ते लौटकर आना था। इस बीच अगर दुश्मन से कोई संपर्क नहीं हुआ तो 4 कुमाऊँ को बडगाम से ही लौट आना था।

3 नवंबर, 1947 को मेजर सोमनाथ शर्मा की कमान में 4 कुमाऊँ की डी कंपनी ने पेट्रोल की बागडोर सँभाली। पेट्रोल बिना किसी रुकावट के बडगाम पहुँच गया। दुश्मन की कोई हरकत नजर नहीं आ रही थी, लिहाजा पेट्रोल को दोपहर 3 बजे तक वापस लौट जाना था। पेट्रोल सुबह 11 बजे तक बडगाम पहुँच गया। काफी देर तक कोई हरकत नहीं हुई। अभी सूरज सिर पर ही था और भारतीय टुकड़ी चौकन्नी होकर आसपास नजर रख रही थी, करीब दो बजे बडगाम गाँव के पास मेजर सोमनाथ शर्मा को कुछ हरकत दिखाई दी। मेजर सोमनाथ शर्मा समझ गए कि बडगाम गाँव में हो रहीं हरकतें ध्यान बाँटने की कोशिश है, जबकि आतंकी हमले की तैयारी पश्चिम से कर रहे थे। आखिर वही हुआ, जिसका अनुमान मेजर सोमनाथ शर्मा ने लगाया था। आतंकियों ने पश्चिम से हमला बोल दिया। थोड़ी ही देर में मेजर सोमनाथ शर्मा की कमानवाली डी कंपनी को दुश्मन ने तीन तरफ से घेर लिया और भारी गोलाबारी शुरू कर दी। भारतीय सेना की टुकड़ी को भारी नुकसान हुआ। मेजर शर्मा जल्द ही ये भाँप गए कि अगर उन्होंने अपनी चौकी छोड़ी

तो दुश्मन के लिए श्रीनगर पर कब्जा करना आसान हो जाएगा और अगर एक बार श्रीनगर का एयरपोर्ट आतंकियों के हाथ में आ गया तो फिर फौज के लिए बड़ी मुसीबत खड़ी हो सकती थी। भारतीय सेना के एक जवान के मुकाबले में सात आतंकी थे। मेजर सोमनाथ ने अपनी कंपनी का बहादुरी से नेतृत्व करना शुरू कर दिया। दुश्मन की गोलाबारी की परवाह किए बगैर वे एक पोस्ट से दूसरी पोस्ट तक जाकर जवानों का हौसला बढ़ाते रहे। मेजर शर्मा का एक हाथ पहले से ही जख्मी था, उन्होंने इसकी परवाह किए बगैर अपने जवानों तक गोला-बारूद पहुँचाना शुरू कर दिया। नौबत यहाँ तक आ गई कि एक ही हाथ से मैगजीन भरते थे और उसे जवानों को दे देते थे।

मेजर सोमनाथ शर्मा दुश्मन को नाको चने चबवा रहे थे, उसी वक्त एक गोला उनके पास रखे गोला-बारूद पर गिरा और वे शहीद हो गए। अपनी शहादत के कुछ मिनट पहले ही उन्होंने ब्रिगेड हेडक्वार्टर को एक मैसेज भेजकर कहा था, “दुश्मन हमसे केवल 50 गज की दूरी पर हैं, हमारी तादात बहुत कम है। मैं अपनी एक इंच जमीन भी नहीं छोड़ूँगा, बल्कि आखिरी जवान और आखिरी गोली तक लड़ूँगा।” साहस और शौर्य की अदम्य मिसाल कायम करके मेजर सोमनाथ शर्मा शहीद हो गए।

ब्रिगेडियर सेन ने फौरन 1 पंजाब को मगाम खाली करके श्रीनगर पहुँचने का हुक्म दिया। साँझ होने से पहले 1 पंजाब श्रीनगर पहुँच चुकी थी और उसे बडगाम फीचर की जिम्मेदारी दे दी गई। तब तक कुमाऊँ रेजीमेंट की इस बहादुर बटालियन ने अपनी जगह नहीं छोड़ी। मेजर शर्मा की कंपनी ने 200 आतंकियों को मार गिराया। आतंकियों का कमांडर भी घायल हो गया, बाकि आतंकी इतना डर गए कि आगे बढ़ने का साहस ही नहीं जुटा सके। भारतीय सैनिकों की इस छोटी सी टुकड़ी ने आतंकियों के सहारे कश्मीर को जीतने का पाकिस्तानी सपना ध्वस्त कर दिया था। मेजर सोमनाथ शर्मा को इस साहस के लिए मरणोपरांत परमवीर चक्र दिया गया।

□

2

हैदराबाद विलय में सेना का शौर्य—1948

अंग्रेजों ने 15 अगस्त, 1947 को भारत छोड़ा , लेकिन उस दिन तक भी बुरी नीयत वाले ब्रिटेन के शासक इसी साजिश में लगे रहे कि भारत भविष्य में कभी एक बड़ा और ताकतवर देश न बन पाए। अंग्रेजों ने देश के हर राजा हो या नवाब, सबको यह आजादी दे दी कि वे अपना भविष्य खुद चुन लें। छोटे-बड़े 115 इलाकों पर शासन कर रहे राजे-रजवाड़ों के पास यह अधिकार आ गया कि वे चाहें तो भारत के साथ विलय कर लें या पाकिस्तान

ऑपरेशन पोलो के दौरान भारतीय सेना

के साथ। उनको यह अधिकार भी दे दिया गया कि वे अगर भारत या पाकिस्तान में से किसी के साथ भी नहीं जाना चाहते तो स्वतंत्र भी रह सकते हैं। भारत और पाकिस्तान बनाकर इस महान् देश को दो टुकड़ों में बाँट देने के बाद राजा-महाराजाओं को दी गई यह छूट भारत के अंदर ही कई देश पैदा कर देती और भारत का भविष्य अंधकारमय हो जाता।

अंग्रेजों ने तो चाल चल दी, लेकिन इस चाल को विफल करना बहुत जरूरी हो गया था। भारत के कई रजवाड़ों ने अंग्रेजों के साथ बातचीत शुरू कर दी, सीधे विलय के लिए कोई तैयार नहीं था, हर किसी की बड़ी-बड़ी शर्तें थीं। आजादी के लिए शर्तें रखनेवाले वही राजा थे, जो कई सौ सालों से अंग्रेजों के तलवे चाट रहे थे और उनकी मेहरबानियों के दम पर जनता का शोषण करते थे। इस मौके पर भारत के तत्कालीन गृहमंत्री सरदार वल्लभभाई पटेल ने चतुराई और ताकत से काम न लिया होता तो आज इस देश के अंदर ही कई टुकड़े नजर आ रहे होते। 1948 तक ज्यादातर राजाओं ने तय कर लिया था कि वे भारत के साथ जाएँगे या पाकिस्तान के साथ, लेकिन हैदराबाद का निजाम तो कुछ और ही मंसूबे पाले बैठा था।

हैदराबाद के निजाम का इतिहास

जिस हैदराबाद शहर को हम आज जानते हैं, वह तेलंगाना की राजधानी है, आज हैदराबाद केवल एक शहर है और इसकी अपनी सीमाएँ हैं। लेकिन हैदराबाद स्टेट बहुत बड़ा था, लगभग 2 लाख 15 हजार वर्ग किलोमीटर से भी ज्यादा और इसकी आबादी उस समय 1 करोड़ 16 लाख से ज्यादा थी। उस समय इस स्टेट में औरंगाबाद, बीड, नांदेड, परभणी, बीदर, गुलबर्ग, ओस्मानाबाद, रायचूर, मेडक, महबूबनगर, नालगोंडा, निजामाबाद, वारंगल, आदिलाबाद समेत 18 जिले थे। यह कितना बड़ा राज्य था, इसका अनुमान आप इस बात से भी लगा सकते हैं कि आज के भारत में इसमें से दो राज्य आंध्र और तेलंगाना बने। इसके अलावा, गुजरात, महाराष्ट्र और कर्नाटक के बड़े हिस्से भी किसी जमाने में इसी राज्य का हिस्सा हुआ करते थे। सन् 1724 से इस राज्य में निजाम का शासन शुरू हुआ। सन् 1721 से मीर कमरउद्दीन

खान को मुगल शासन ने दक्कन का गवर्नर बनाया। उसी ने 1724 में हैदराबाद स्टेट के तौर पर शासन की बागडोर सँभाली और खुद को निजाम-उल-मुल्क घोषित कर दिया। वहीं से आसिफ जाहीं वंश की शुरुआत हुई।

मराठों से लड़ाई लड़ते और हारते हुए निजाम ने 1778 से ही अंग्रेजों के तलवे चाटने शुरू कर दिए और 1798 में तो उसने पूरी तरह से गुलामी भी कबूल कर ली। हैदराबाद का निजाम भारत का पहला शासक था, जिसने आधिकारिक तौर पर अंग्रेजों की गुलामी कबूल की। अंग्रेजों ने हैदराबाद में अपना फौजी अड्डा बनाए रखा और शासन की बागडोर निजाम के हाथों में ही रहने दी। निजाम किस तरह से अंग्रेजों का पिट्ठू बन गया, इसका अंदाजा आप इसी बात से लगा सकते हैं कि ब्रिटिश शासन में निजाम को 21 तोपों की सलामी दी जाती थी जो उस वक्त का सर्वोच्च सम्मान था। निजाम ने हर तरह से अंग्रेजों से वफादारी निभाई। 1857 के प्रथम स्वाधीनता संग्राम में भी वह अंग्रेजों के साथ डटकर खड़ा रहा। खिलाफत आंदोलन में उसने अपने मुस्लिम भाइयों का साथ नहीं दिया और हमेशा स्वाधीनता सेनानियों के दमन में ही लगा रहा। शानो-शौकत से जीनेवाले निजाम की उस वक्त की आय 2 करोड़ रुपए से ज्यादा थी, पूरे राज्य की लगभग 10 फीसदी जमीन उसके पास थी, अपना रेलवे का नेटवर्क, प्राइवेट एयरलाइन और कई कंपनियो के मालिक ने 1947 तक हर तरह से अंग्रेजों के शासन को मजबूत किया। हैदराबाद राज्य में 80 फीसदी से ज्यादा जनता हिंदू थी, जबकि 12 फीसदी मुसलमान और बाकी दूसरे धर्मों के लोग। निजाम की फौज में ज्यादातर मुसलमान थे और वहाँ के सरकारी कर्मचारियों में भी मुसलमानों का ही बोलबाला था। खासतौर पर ऊँचे पदों पर तो केवल मुसलमानों को ही नियुक्त किया जाता था।

निजाम का मंसूबा

हैदराबाद का निजाम ओसमान अली खान ये कतई नहीं चाहता था कि वह भारत के साथ शामिल हो, उसने हैदराबाद स्टेट को अलग देश बनाने की पूरी तैयारी कर ली थी। भारत से अलग रहने की निजाम की

कोशिशों का अंदाजा आप इस बात से लगा सकते हैं कि ब्रिटेन और अमेरिका के अलावा संयुक्त राष्ट्र में भी उसने अपने लोगों को इस काम पर लगाया हुआ था कि वह हैदराबाद स्टेट को अलग देश की मान्यता दे दें। उसने चारों तरफ अपने दूत दौड़ाए, ब्रिटेन के पूर्व प्रधानमंत्री विंस्टन चर्चिल को तो उसने प्रभावित भी कर लिया था, लेकिन तब तक वहाँ सरकार बदल चुकी थी, और उसे ज्यादा मदद नहीं मिल पाई।

हैदराबाद का निजाम ओसमान अली खान

निजाम ने ताकत बढ़ानी शुरू कर दी

जिस वक्त देश आजाद हुआ उस वक्त निजाम के पास 24 हजार की फौज थी, इनमें से केवल 6000 सिपाहियों को ही युद्ध की ट्रेनिंग मिली हुई थी और उनके पास ही अच्छे हथियार भी थे।

निजाम की फौज में उत्तर भारतीय मुसलमान, अरब, रोहिला और पठान लड़ाके थे। इस फौज के पास 3 आर्मर्ड रेजीमेंट, 1 घुड़सवार रेजीमेंट, 11 इन्फेंट्री बटालियन और आर्टिलरी मौजूद थी। इस फौज का सेनापति एक अरबी जनरल अल अदरूस था।

रजाकार आतंकियों की फौज

इसके अलावा करीब 2 लाख आतंकियों की फौज भी थी, जिन्हें रज्जाक कहा जाता था। इन सभी आतंकियों का सरगना वहाँ का स्थानीय नेता कासिम रिजवी था। इन 2 लाख आतंकियों में से 50 हजार के पास

आधुनिक हथियार थे, जबकि बाकियों के पास तलवार और दूसरे पारंपरिक हथियार थे। रजाकारों के जरिए निजाम हैदराबाद की हिंदू आबादी को दबाकर रखता था। रजाकारों के अत्याचार के किस्से आज भी इन इलाकों में गूँजते हैं। हिंदुओं के साथ लूट-खसोट, उनकी माँ-बेटियों को उठा ले जाना रजाकारों के लिए खेल था। निजाम को पाकिस्तान और पुर्तगाल से हथियारों की सप्लाई होने लगी। गोवा में पुर्तगालियों का कब्जा था और वहीं से निजाम के लिए पुर्तगाल की सरकार हथियार भेजती थी। इसके साथ-साथ हथियारों के बड़े-बड़े सौदागरों से भी निजाम हथियार खरीद रहा था और इन हथियारों को हवाई जहाज से नीचे गिराया जाता था।

निजाम की कार्रवाई शुरू हुई

निजाम सबसे पहले ब्रिटेन की सरकार के पास गया और उनसे ये दरख्वास्त की कि हैदराबाद स्टेट न तो भारत के साथ जाना चाहता है और न ही पाकिस्तान के साथ। निजाम चाहता था कि ब्रिटेन हैदराबाद स्टेट को मान्यता देकर कॉमनवेल्थ का सदस्य बना ले, लेकिन भारत के लॉर्ड माउंटबेटन ने इसे खारिज कर दिया। निजाम हर हाल में हैदराबाद को अलग देश की मान्यता दिलाने पर तुला हुआ था। यहाँ तक कि वह गोवा को खरीदने के लिए बेशुमार दौलत पुर्तगाल की सरकार को देने के लिए भी तैयार हो गया।

निजाम ने प्रस्ताव रखा कि गोवा को या तो पुर्तगाल सरकार निजाम को बेच दे या फिर लीज पर दे। अगर गोवा निजाम को मिल जाता तो उसके लिए समुद्र के रास्ते खुल जाते, क्योंकि अब तक हैदराबाद स्टेट चारों तरफ से घिरा हुआ था, उसके पास अपना कोई समुद्री रास्ता नहीं था।

भारत सरकार हमला नहीं चाहती थी

भारत के प्रधानमंत्री जवाहरलाल नेहरू चाहते थे कि बातचीत से मामला सुलझ जाए। नेहरू सेना के कार्रवाई से बचकर समझौते के रास्ते पर चलना चाहते थे, जबकि तत्कालीन गृहमंत्री सरदार वल्लभभाई पटेल का अनुमान

सटीक था और उन्होंने निजाम के मंसूबों को पढ़ते हुए यह राय दी थी कि सैनिक कार्रवाई के बिना बात नहीं बनेगी। पटेल हैदराबाद स्टेट का पूरी तरह से भारत में विलय चाहते थे। वह किसी तरह का समझौता करने के लिए तैयार नहीं थे।

फिर भी उस वक्त भारत सरकार और निजाम के बीच एक समझौते की रूपरेखा बनी जिसमें यह तय किया गया कि हैदराबाद स्टेट के विदेश मामले भारत देखेगा। निजाम ने कभी समझौते की परवाह नहीं की और वह पाकिस्तान से गुप-चुप बातचीत करता रहा।

रजाकारों का आतंक बढ़ने लगा

पूरे हैदराबाद स्टेट को इस्लामिक स्टेट बनाए रखने के लिए रजाकारों ने अपना आतंक फैलाना शुरू कर दिया। रजाकारों के निशाने पर वे हिंदू थे, जो चाहते थे कि हैदराबाद स्टेट का विलय भारत के साथ हो जाए। रजाकार आतंकियों ने हिंदुओं का कत्ल करना शुरू कर दिया, उनके घरों में लूटपाट की जाने लगी, हिंदुओं के घरों से उनकी माँ-बहनों का अपहरण करना शुरू कर दिया, इसका नतीजा यह हुआ कि हजारों हिंदुओं ने हैदराबाद से पलायन शुरू कर दिया।

रजाकारों ने भारतीय फौज को भी निशाना बनाना शुरू कर दिया। सितंबर 1948 की शुरुआत में रजाकारों के हमले के जवाब में भारतीय फौज ने उन्हें करारा जवाब दिया और दूर तक खदेड़ दिया।

दिल्ली ने रणनीति बनाई

निजाम की हरकतें और उसके पाले हुए गुंडों की खबरें दिल्ली को परेशान करने लगी थीं। निजाम की पाकिस्तान से नजदीकी और वहाँ से आनेवाले हथियारों की खेप दिल्ली पर ये दबाव डाल रही थी कि फौरन सेना को कार्रवाई का आदेश दिया जाए। सरदार पटेल तो पहले ही निजाम के मंसूबों को पढ़ चुके थे, लेकिन अब जवाहरलाल नेहरू को भी एहसास हो गया कि हैदराबाद के निजाम के प्रति उनका लचीला रवैया गलत था।

इससे पहले रजाकारों का सरगना कासिम रिजवी भी दिल्ली आया। कहा जाता है कि सरदार पटेल से उसकी मुलाकात हुई, जहाँ उसे साफ-साफ बता दिया गया कि विलय के अलावा दूसरा कोई रास्ता नहीं। इसके बाद कासिम पाकिस्तान भी गया और वहाँ से मदद की गुहार लगाई। निजाम के प्रधानमंत्री मीर लाइक अली ने भी दिल्ली में प्रधानमंत्री जवाहरलाल नेहरू और गृहमंत्री सरदार वल्लभभाई पटेल से मुलाकात की, लेकिन वे दिल्ली यही बताने आए थे कि हैदराबाद भारत के साथ विलय के लिए तैयार नहीं है। सरदार पटेल ने सीधे निजाम से भी खत के जरिए संपर्क करके उन्हें समझाने की कोशिश की, लेकिन बात नहीं बनी। अब कार्रवाई का वक्त आ गया था, लिहाजा भारतीय फौज को तैयार रहने के लिए कह दिया गया।

सेना की कार्रवाई शुरू हो गई

हैदराबाद स्टेट को चारों तरफ से घेरने की योजना बनाई गई, हालाँकि उस वक्त भारतीय सेना के कुछ अंग्रेज अफसरों ने कार्रवाई का विरोध करते हुए चेतावनी दी कि ये भारत के लिए दूसरा कश्मीर हो सकता है, लेकिन

विजय के बाद सेना के अफसर

उनके विरोध को नजरअंदाज कर दिया गया। एक अंग्रेज अफसर जनरल बूचर ने तो सरदार पटेल के सामने धमकी दी कि हैदराबाद पर सैनिक कार्रवाई हुई तो अंजाम खतरनाक होंगे, लेकिन पटेल ने उसकी बात को इस तरह से नजरअंदाज कर दिया कि वह पैर पटक कर मीटिंग से बाहर चला गया। कैबिनेट की हरी झंडी मिलते ही, सरदार पटेल ने फौज के बड़े अफसरों को बुलाकर केवल एक बात पूछी कि अगर हैदराबाद पर कार्रवाई के दौरान पाकिस्तान हमला करता है तो क्या हम उसे सँभाल लेंगे? अफसरों ने जवाब दिया, हाँ···बस बैठक यहीं पर खत्म हो गई।

अब वह वक्त आ गया था, जब सारा दारोमदार सेना के हाथ में था। रजाकारों का सरगना कासिम रिजवी हैदराबाद स्टेट की 80 फीसदी हिंदू आबादी को बंधक बनाने की चेतावनी दे चुका था। इस धमकी से यह आशंका प्रबल हो गई कि हमले की स्थिति में रजाकार आतंकी निहत्थे हिंदुओं को निशाना बनाएँगे, इसलिए सेना को अपनी रणनीति इस तरह से बनानी थी कि रजाकार आतंकी कम-से-कम नुकसान कर सकें और सेना जल्द से जल्द कार्रवाई को अंजाम दे दे।

हैदराबाद में भारतीय सेना का स्वागत

ऑपरेशन पोलो

भारतीय फौज ने हैदराबाद पर कार्रवाई के लिए बनाए गए मिशन को नाम दिया—ऑपरेशन पोलो। इतिहास में इसे 'पुलिस कार्रवाई' और 'गोडार्ड प्लान' के नाम से भी जाना गया। दक्षिणी कमांड के कमांडर-इन-चीफ लेफ्टिनेंट जनरल ई.एन. गोड्डार्ड ने हमले की प्लानिंग की। विजयवाड़ा और शोलापुर से हमले की योजना बनाई गई, साथ ही सेना की छोटी टुकड़ियों को यह जिम्मा दिया गया कि वे हैदराबाद की सीमा पर निजाम की फौज को खत्म करें। लेफ्टिनेंट जनरल राजेंद्र सिंह के हाथों में प्लान को तामील करने की जिम्मेदारी आई।

शोलापुर से किए जानेवाले हमले की कमान मेजर जनरल जे एन चौधरी ने सँभाली, जबकि विजयवाड़ा से हमला मेजर जनरल ए.ए. रुद्र के नेतृत्व में किया गया। इसके अलावा हवाई हमले की जरूरत पड़ने पर एयर फोर्स की 2 स्क्वाड्रन को भी तैयार रहने को कहा गया।

13 सितंबर को पहला हमला हुआ और यह हमला इतनी तीव्रता से किया गया कि निजाम की फौज चौंक गई। शोलापुर से किए गए आक्रमण के कुछ ही घंटों के बाद नालदुर्ग किले के आसपास भारतीय फौज का वर्चस्व हो गया। निजाम की फौज ने भारतीय सैनिकों पर गोलियाँ बरसानी शुरू कर दीं, लेकिन भारतीय फौज के सिपाहियों की ट्रेनिंग और जज्बा इतना कड़ा था कि निजाम की फौज कहीं भी टिक नहीं पाई। शाम होने से पहले भारतीय फौज का आर्मर्ड दस्ता हैदराबाद स्टेट के 60 किलोमीटर अंदर तक घुस गया। अब भारतीय फौज के सामने काजिम रिजवी के गुंडे रजाकार आ गए, लेकिन इन्हें खत्म करने में भारतीय फौज को ज्यादा वक्त नहीं लगा। तुलजापुर में करीब 200 से ज्यादा रजाकारों ने भारतीय फौज को घेर लिया। यह लड़ाई करीब 2 घंटे तक चली और रजाकारों को हथियार डाल देने पड़े।

जनरल चौधरी की कमानवाली फौज की टुकड़ियों ने पहले दिन नालदुर्ग, जालकोट, उमरगे, तुलजापुर और लोहारा से निजाम की फौज और

रजाकारों को खदेड़ दिया। दुश्मन ने या तो हथियार डाल दिए या वे भाग गए, जो बच गए वे मारे गए।

जनरल रुद्र की टुकड़ियों का मुकाबला निजाम की उस फौज से हुआ, जिसके पास अत्याधुनिक हथियार और बख्तरबंद गाड़ियाँ थीं। इस मोर्चे पर भी भारतीय फौज ने दुश्मन के भयंकर आक्रमण के बावजूद कोडार, मुंगाला, होसपेट और तुंगभद्रा नदी पर बने पुलों पर कब्जा कर लिया। यहाँ भारतीय फौज का मुकाबला निजाम की फौज के साथ-साथ रजाकार आतंकियों और पठानों की फौज से भी हुआ।

दूसरे दिन हवाई हमले के साथ आक्रमण की शुरुआत हुई। हवाई हमले ने उमरगे से राजासुर के बीच में दुश्मनों को भारी नुकसान पहुँचाया और भारतीय फौज के लिए रास्ता बना दिया। राजासुर के आगे भारतीय फौज को बड़ी फायरिंग झेलनी पड़ी, दुश्मन मजबूती से ऊँचाई पर मोर्चा ले चुके थे। निजाम की फौज ने पहले भारतीय टैंकों को धीमा करने के लिए खाइयाँ खोदीं, फिर जैसे ही टैंक नजदीक आए उन पर फायरिंग शुरू कर दी। दुश्मन ऊँचाई की पोजीशन और खाइयों का ज्यादा देर तक फायदा नहीं उठा पाए। गोरखा जवानों ने ऊँचाई पर बैठे दुश्मन पर हमला किया और उन्हें नेस्तनाबूद कर दिया।

हैदराबाद की फौज का सरेंडर

उसी वक्त गोरखा रायफल्स की दूसरी टुकड़ी ने ओस्मानाबाद शहर पर कब्जा कर

लिया। ओस्मानाबाद की गलियों में रजाकारों ने घरों के अंदर बैठे लोगों की आड़ में, गोरखा सिपाहियों पर हमला शुरू कर दिया। गलियों के अंदर लड़ाई चली और रजाकारों को खत्म कर दिया गया।

इसी तरह से दूसरे दिन निजाम की फौज और रजाकारों के हमले को ध्वस्त करते हुए औरंगाबाद और जालना पर भी भारतीय फौज ने कब्जा कर लिया। भारतीय फौज के लिए दुश्मन ने रास्ते कठिन कर दिए थे। जगह-जगह खाइयाँ खोद दी गईं, जिससे की टैंक आगे न बढ़ सकें। सीधे मोर्चा लेने के बजाय रजाकार गुंडे घरों के अंदर से भारतीय फौज पर हमला करने लगे, लेकिन भारतीय सिपाही हर मुश्किल को पार करके देश के एकीकरण की जंग में अपनी आहुति देते रहे।

जालना के बाद तीसरे दिन लातूर और मोमीनाबाद भारतीय फौज का लक्ष्य था, दुश्मन यहाँ ज्यादा तैयारी के साथ बैठा था, लेकिन गोरखा सैनिकों का सामना वे ज्यादा देर तक नहीं कर सके और उन्होंने हथियार डाल दिए।

एयरफोर्स की कार्रवाई भी जारी थी, लेकिन रजाकार गुंडे घरों के अंदर छिप गए। एयरफोर्स रिहायशी इलाकों में कार्रवाई नहीं कर सकती थी। सूर्यपेट इलाके में भी हवाई हमलों ने दुश्मन की कमर तो तोड़ी, लेकिन घरों के अंदर से मोर्चा सँभाल रहे रजाकारों को भारतीय फौज ने बाहर निकाल कर मारा।

चौथे दिन सेना हैदराबाद की तरफ कूच कर रही थी, लेकिन रास्ते में जाहिराबाद शहर के पास रजाकारों ने घातक हमले शुरू कर दिए, कई जगहों पर भारतीय फौजियों को घेर लिया गया। बीदर रोड के पास कई भारतीय सैनिक चारों तरफ से आ रहे, फायर के बीच फँस गए, लेकिन सैनिकों ने हौसला नहीं खोया। लेफ्टिनेंट कर्नल राम सिंह के नेतृत्व में आगे बढ़ रही इस टुकड़ी ने फौरन अपना प्लान तैयार किया। कुछ सैनिकों ने रजाकारों की फायर से निपटने की तैयारी शुरू की और बाकी को हैदराबाद के लिए रवाना कर दिया। रजाकार आतंकी भारतीय फौज पर उसी वक्त हमला करते, जब वे शहरी इलाकों से गुजरते, इन विषम परिस्थितियों में भी चारों तरफ

से गोलाबारी के बीच घिरी भारतीय फौज ने साहसिक और त्वरित कार्रवाई करते हुए रजाकारों के हमले को नाकाम कर दिया।

पाँचवें दिन हैदराबाद को चारों तरफ से घेर लिया गया। निजाम की फौज और रजाकार आतंकियों को भारी नुकसान हुआ। 2 लाख रजाकारों की फौज और निजाम की 25 हजार की हथियार बंद फौज के ज्यादातर सिपाही मारे गए। पाँचवें दिन तक उनकी कमर इस कदर टूट चुकी थी कि वे हमला करने की ताकत खो चुके थे। ये खबर निजाम तक पहुँचा दी गई, और निजाम सरेंडर को मजबूर हो गया।

निजाम ने अपने प्रधानमंत्री मीर लियाकत अली को बर्खास्त किया और शाम पाँच बजे रेडियो पर भारत के साथ विलय की घोषणा कर दी। अलग-अलग इतिहासकारों के मुताबिक 2 लाख रजाकार और 25 हजार निजाम की फौज से लड़ते हुए 30 से ज्यादा भारतीय सिपाही शहीद हो गए, जबकि 100 से ज्यादा घायल हुए। इस ऑपरेशन में निजाम की फौज के करीब 1 हजार सिपाही मारे गए, जबकि 2 हजार के करीब बंदी बना लिये गए। 2 हजार से ज्यादा रजाकार भी मारे गए, इतने ही बंदी बना लिये गए।

आजादी के बाद यह भारतीय फौज का सबसे बड़ा ऑपरेशन था, जहाँ दुश्मन अपने ही नागरिकों की आड़ लेकर बैठा था, यहाँ पर हार का मतलब होता, भारत के अंदर ही ब्रिटेन जितना बड़ा देश और जाहिर है ये हालात और खतरनाक हो सकते थे। ये भारतीय फौज की सटीक रणनीति और सैनिकों के साहस का नतीजा था कि पाँच दिनों के अंदर दुश्मन ने हथियार डाल दिए।

□

3

वेलोंग में चीन की नाक तोड़ दी—1962

इस देश की आनेवाली पीढ़ियाँ जब कभी फुरसत से 1962 के भारत-चीन युद्ध की कहानियों को पढ़ेंगी तो उन्हें दो बातें पता चलेंगी। वे यह जानकर निराश हो जाएँगे कि आजादी के बाद दो बड़े ऑपरेशन (कश्मीर, हैदराबाद) में सेना की निर्णायक भूमिका देखने के बाद भी तत्कालीन सरकार ने अगले 14 सालों तक सेना की तरफ कोई ध्यान नहीं दिया। उन्हें न तो अच्छे हथियार मुहैया करवाए, न ही बड़े संसाधन दिए, लेकिन भावी पीढ़ियाँ इस बात पर जरूर गर्व करेंगी कि बिना आधुनिक हथियारों और संसाधनों के भारतीय सैनिकों ने असाधारण वीरता दिखाई और अपनी मातृभमि की रक्षा करते हुए शहीद हो गए। इन शहीदों की कहानियाँ बताती हैं कि इनकी गोलियाँ खत्म हो गईं तो ये संगीनें लेकर दुश्मन का मुकाबला करने लगे। ये वे शहीद थे, जो मातृभूमि का कर्ज चुकाने के लिए जान की परवाह किए बगैर दुश्मन की तोपों के सामने खड़े हो गए। शहीद ये भी बताएँगे कि हुक्मरान कोई भी हो उनके जज्बे को कोई डिगा नहीं सकता।

अरुणाचल प्रदेश के वेलोंग में 18 अक्तूबर से 16 नवंबर, 1962 तक जो हुआ वह भारतीय सेना के इतिहास की अमरगाथा बन गया। लगभग एक महीने के इस ऑपरेशन ने सरकार की तैयारियों की पोल तो खोली ही उन बहादुर सैनिकों की अमरगाथा भी लिख दी, जिन्होंने पुरानी पड़ चुकी बंदूकों के दम पर ही चीनी सैनिकों का कब्रिस्तान बना दिया।

कुमाऊँ रेजीमेंट, गोरखा, डोगरा और सिख रेजीमेंट के अमर जवानों की सदाएँ आज भी वेलोंग घाटी में बहती लोहित नदी की धारा के साथ गूँज रही

हैं। यहाँ से गुजरने वाली हवाएँ आज भी बताती हैं कि किस तरह टिड्डियों के झुंड की तरह आती चीनी सैनिकों की टुकड़ियाँ लाशों में तब्दील होती रहीं और जब दुश्मन से मुकाबला करने के लिए गोलियाँ खत्म हो गईं तो हमारे जवान अपनी संगीनों को लेकर लड़ते-लड़ते शहीद हो गए।

असाधारण वीरता की इस कहानी को समझने के लिए पहले उस जगह के बारे में जान लीजिए, जहाँ यह लड़ाई लड़ी गई। वेलोंग अरुणाचल प्रदेश में है और ईटानगर से इस कस्बे की दूरी तकरीबन 570 किलोमीटर है। आज भी अगर आप सड़क से जाना चाहेंगे तो आपको ईटानगर से 15 से 18 घंटे लग सकते हैं। 1962 में भारत-चीन सीमा से करीब 25 किलोमीटर पीछे बसे वेलोंग में भारतीय फौज का मुख्य अड्डा था। 1962 में वेलोंग तक जाने के लिए कोई सड़क नहीं थी, सैनिक पैदल ही जाते थे, एक छोटी सी हवाई पट्टी थी, जिसके जरिए आपातकाल में सैनिकों और दूसरे साजो-सामान को लाया जाता था। राशन और दूसरी जरूरी चीजे हेलिकॉप्टर के जरिए ही आती थीं। वेलोंग अरुणाचल के तेजू जिले में आता है और आखिरी सड़क भी तेजू तक ही थी। यानी तेजू से वेलोंग आने के लिए लगभग 150 किलोमीटर का सफर पैदल ही तय करना पड़ता था। भारत-चीन और म्यांमार के बॉर्डर पर बसे इस कस्बे में आमतौर पर असम रायफल्स की टुकड़ियाँ तैनात रहती थीं, लेकिन जब युद्ध के बादल छाए तो आर्मी आ गई।

दूसरी तरफ चीन ने 1962 में ही बॉर्डर तक सड़क बना ली थी, चीनी फौज अंतरराष्ट्रीय सीमा के बेहद करीब आकर खुद को मजबूत करने में लगी हुई थी, इतना ही नहीं उनकी पेट्रोलिंग पार्टियाँ आए दिन भारतीय इलाकों में घुसपैठ करके टोह लेती रहती थीं। वेलोंग पर आक्रमण करने से पहले चीनी फौज के पास वेलोंग और आसपास के इलाके की पूरी जानकारी पहुँच चुकी थी। उनके सिपाही इस दुर्गम इलाके में जासूसी करके अपनी फौज के लिए आक्रमण की रणनीति बना चुके थे।

लोहित नदी के किनारे कभी दो सभ्यताओं को जोड़ने का काम करते थे, इसके किनारों से ही वह रास्ता था, जहाँ से भारत और चीन की महान्

सभ्यताएँ आपस में मेल-जोल करती थीं। एक जमाने में यह एक समृद्ध व्यापारिक रास्ता हुआ करता था, और एक दिन इन्हीं खामोश वादियों ने इन दो देशों के बीच में खूनी लड़ाई भी देखी। तेजू से किबिथू की दूरी करीब 200 किलोमीटर थी और वहाँ पहुँचने के लिए 16 दिन लग जाते थे। जवानों को नदी पार करने के लिए तार का सहारा लेना पड़ता था। जवानों ने यह लड़ाई जीरो से नीचे तापमान में गरमी की ड्रेस और कपड़े के जूते पहनकर लड़ी।

अप्रैल 1962 में 6 कुमाऊँ को वेलोंग सेक्टर में भेजा गया। सिंतबर 1962 में जब युद्ध बेहद करीब आ गया तो एक नई बटालियन ने मोर्चा सँभाला।

62 इन्फेंट्री ब्रिगेड की 3 यूनिट, 4 सिख, 4 गढ़वाल रायफल्स, 2 गोरखा को इस सेक्टर में भेजा गया। गढ़वाल रायफल्स को नूरानांग, सिख को वेलोंग और गोरखा को अलोंग में तैनात किया गया। सिख यूनिट को तो वेलोंग में मोर्चा जमाते-जमाते अक्तूबर आ गया। सभी यूनिट को मैकमोहन लाइन के नजदीक मोर्चा सँभालने के निर्देश दे दिए गए। इन यूनिट्स ने थापा, तनखल, दिचू और किबिथू में मोर्चा जमा लिया। 6 कुमाऊँ बॉर्डर के सबसे नजदीक किबिथू में डट गई।

18 अक्तूबर को 6 कुमाऊँ के सूबदार सुरेश चंद्र ने पचास से ज्यादा चीनी सैनिकों को सामने वाली पहाड़ी पर चढ़ते हुए देखा...6 कुमाऊँ के कमांडिंग ऑफिसर ने फौरन ऐक्शन लिया और असम रायफल्स को निर्देश दिया कि वे दुश्मन के सामने वाली पहाड़ी पर मोर्चाबंदी कर लें। असम रायफल्स के बहादुर जवानों ने बेहद सतर्कता के साथ मूवमेंट शुरू कर दी और रात तक पहाड़ी पर मोर्चा सँभाल लिया...कमांडिंग ऑफिसर ने एक बड़ी टुकड़ी को लीचू में भी पोस्ट सँभालने के लिए रवाना कर दिया। वहाँ असम रायफल्स के जवान पहले से ही मौजूद थे। 19 अक्तूबर की शाम तक लीचू पोस्ट पर भारतीय सैनिकों ने तगड़ी मोर्चाबंदी कर ली।

21 अक्तूबर की शाम 7 बजे चीनी सैनिकों ने लीचू पोस्ट की तरफ मार्च शुरू कर दिया...मेजर थिनागाम ने चीनियों की मशा को भाँप लिया और

अपनी प्लाटून के साथ फौरन मैकमोहन लाइन के करीब मोर्चा जमा लिया। रात साढ़े ग्यारह बजे चीनी सेना ने मैकमोहन रेंज पर मोर्चा जमाए भारतीय सैनिकों पर भारी गोलाबारी शुरू कर दी। भारतीय सैनिकों के पास इस गोलाबारी का जवाब देने के लिए कोई आर्टिलरी सपोर्ट नहीं था, वे केवल तब लड़ सकते थे, जब दुश्मन नजदीक आ जाता। गोलाबारी के 1 घंटे के अंदर 22 अक्तूबर को सुबह 1 बजे चीनी फौज ने पहला हमला किया। चीनी भारी तादात में भारतीय पोस्ट की तरफ बढ़ रहे थे। करीब 300 चीनी सैनिकों के निशाने पर ए कंपनी थी, जबकि 100 से ज्यादा चीनी सैनिक मदीहा टॉप की तरफ से आक्रमण करने लगे। भारतीय सेना की मोर्टार फायर ने उन्हे कुछ देर के लिए रोका, लेकिन जल्द ही उनके पास मदद पहुँच गई और वे हमला करने लगे। इस बार दुश्मन की फायर पावर ज्यादा थी। भारतीय सैनिकों ने समय रहते मोर्चा सँभाल लिया था, इसलिए चीनियों को करारा जवाब मिलना शुरू हो गया। चार घंटे तक दोनों तरफ से जबरदस्त गोलाबारी चलती रही। भारतीय सैनिकों के साहस के सामने चीनियों की इस पहली टुकड़ी ने हार मान ली और वे वापस चले गए। सुबह 5 बजे चीनियों ने दुगनी तादात के साथ हमला किया। इस बार भी उन्हें मुँह की खानी पड़ी। जैसे ही चीनी

वेलोंग की हवाई पट्टी पर जहाज

नजदीक आते वैसे ही चौकन्ने भारतीय सिपाही उन पर निशाना लगाकर हमला कर देते। भारतीय सैनिकों के पास गिनती की गोलियाँ थीं, इसलिए हिसाब से खर्च करना जरूरी था। भारतीय सैनिकों ने एक-एक करके सैकड़ों चीनी सिपाहियों को मौत के घाट उतार दिया। पूरा इलाका चीनी सैनिकों की लाशों से पट गया। नायक बहादुर ने इस मोर्चे पर असाधारण वीरता का परिचय दिया। उनके दोनों गनर मारे गए थे, इसके बावजूद वे एल.एम.जी. से दुश्मन पर फायर करने लगे और एक-एक करके कई चीनी सैनिकों को ढेर कर दिया। आखिरकार चीनियों ने बहादुर को घेरा और चारों तरफ से उन पर फायरिंग शुरू कर दी, नायक बहादुर वहीं शहीद हो गए। चीनी सैनिकों ने हमला रोक दिया इसके बावजूद सुबह 9 बजकर 30 मिनट पर भारतीय सैनिकों को पोस्ट छोड़ देने का ऑर्डर दिया गया।

दूसरी तरफ 23 अक्तूबर को डी कंपनी ने भी चीनियों की सही स्थिति का आकलन करने के बाद मोर्टार से फायर शुरू कर दिया। देखते-ही-देखते 200 से ज्यदा चीनी सैनिक मारे गए। सुबह चार बजे डी कंपनी को भी पोस्ट छोड़ देने के लिए कह दिया गया।

इन 6 घंटों की लड़ाई ने भारतीय सूरमाओं का परिचय चीनी फौज से करवा दिया था। चीनियों के मन में खौफ बैठ गया, वे आक्रमण के लिए नई रणनीति बनाने लगे। इसी तैयारी का आभास करते हुए इन बहादुर जवानों को किबिथू पोस्ट छोड़ देने का आदेश दिया गया। लांस नायक पूर्ण बहादुर को तनखल में तैनात प्लाटून को पीछे हटने का संदेश देने के लिए भेजा गया। पूर्ण बहादुर ने विषम परिस्थितियों और दुर्गम रास्तों के बीच तनखल में मौजूद प्लाटून तक वक्त रहते यह संदेश पहुँचा दिया। अगर पूर्ण बहादुर मैसेज लेकर वक्त पर नहीं आते तो इस प्लाटून के जवान दुश्मन के हाथों में पड़ सकते थे। इस बहादुरी के लिए लांस नायक पूर्ण बहादुर को वीर चक्र दिया गया।

किबिथू में हुए दो हमलों में करीब सैकड़ों चीनी सैनिक मारे गए और सैकड़ों घायल हो गए। ये चीनियों के लिए एक बड़ा झटका था। चीनियों को झटका किबिथू में ही नहीं लगा, उससे नीचे नामथी में भी भारतीय फौजी

उनकी लाशें बिछाने के लिए इंतजार कर रहे थे। चीनियों ने भारतीय सैनिकों द्वारा खाली की गई किबिथू पोस्ट पर कब्जा तो कर लिया, लेकिन उनकी खुशी ज्यादा देर तक टिक नहीं पाई।

25 अक्तूबर की सुबह 3 बजे चीनी फौज ने वोलोंग से थोड़ा आगे आशी हिल पर मोर्चा जमाए बैठे भारतीय जवानों पर हमला किया, लेकिन यहाँ जो हुआ उसे याद करके चीनी सैनिक और अफसर आज भी काँप उठते हैं। आक्रमण सुबह 3 बजे चीनी सैनिकों ने शुरू किया था, लेकिन भारतीय फौजियों ने मात्र 45 मिनट में उसे खत्म कर दिया। इस छोटी सी लड़ाई में कुमाऊँ रेजीमेंट के बहादुर जवानों ने 200 से ज्यादा चीनी सैनिकों को मार दिए। सुबह 4 बजे भारतीय सैनिकों को यहाँ से भी पोस्ट छोड़ देने का आदेश दे दिया गया, उनका काम पूरा हो चुका था।

लेकिन चीनियों ने हार नहीं मानी और हर आक्रमण में मुँह की खाने के बाद ताकत को और बढ़ाते चले गए। अब चीनियों के निशाने पर थी, नामती में तैनात 4 सिख बटालियन। सुबह साढ़े सात बजे घने कोहरे की आड़ में सात सौ से ज्यादा चीनी सैनिक नामती को घेरने लगे। यहाँ पर तैनात भारतीय सिपाहियों के लिए यह एकदम चौंकानेवाला हमला था। चीनी सैनिक उस वक्त नजर आए, जब वे बहुत नजदीक आ गए थे, लेकिन चीनी सैनिकों को कोहरा यहाँ भी नहीं बचा पाया, इस बार भारतीय सैनिकों को मोर्टार की मदद भी मिली। चीनी सैनिकों की लाशें फिर बिछने लगीं और देखते-ही-देखते दुश्मन भाग खड़ा हुआ। इस लड़ाई में भी 200 से ज्यादा चीनी सैनिक मारे गए। नामती के मैदानों में लंबी सूखी घास की आड़ लेकर चीनियों ने अपने सैनिकों के शवों को ले गए और उनका अंतिम संस्कार किया।

इस बीच 8 गोरखा रायफल्स की 8वीं बटालियन भी युद्ध के मोर्चे पर आ पहुँची। एक टुकड़ी सिख सिपाहियों के साथ आ गई, जबकि बाकी टुकड़ियाँ दुश्मन के इंतजार में बेहद रणनीतिक तरीके से बनाए गए मोर्चों पर डट गईं। 25 और 26 अक्तूबर की रात को चीनियों ने कई बार बड़ी-बड़ी टुकड़ियाँ बनाकर हमले किए, लेकिन हर बार बहादुर गोरखा और सिख

सिपाहियों के हाथों उन्हें मार खानी पड़ी और वे वापस लौट गए। गोरखा सिपाहियों के हाथों से तो चीनियों को इस कदर मार पड़ी कि उन्हें अपने मारे गए सिपाहियों के शवों को खुले में छोड़कर भागना पड़ गया।

25 और 26 तारीख के आक्रमण के बाद वेलोंग की जिम्मेदारी 2 इन्फेंट्री डिविजन को दे दी गई। 11वीं ब्रिगेड के ब्रिगेडियर एन.सी. रावले को वेलोंग जाने के लिए कह दिया गया। वेलोंग की सुरक्षा को मजबूत करने के लिए और सिपाही भेजे गए। 2/8 गोरखा को भी वेलोंग जाने के लिए कह दिया गया। फिर अचानक 3/3 गोरखा को हुविलियांग की तरफ मार्च करने का आदेश हुआ। 1 नवंबर को 11वीं ब्रिगेड हुविलियांग पहुँची और 3/3 गोरखा को वेलोंग की सुरक्षा में तैनात कर दिया गया।

3 नवंबर को पता चला कि भारी तादात में चीनी सैनिक ऑटोमेटिक हथियार और हैवी मोर्टार फायर पावर के साथ वेलोंग की तरफ बढ़ रहे हैं। भारतीय सैनिकों ने चीनियों का ये मैजेस रेडियो पर पकड़ा था, फौरन हेडक्वार्टर को इसकी जानकारी दी गई। हेडक्वार्टर से जवाब आया कि मोर्चे पर डटे रहो, साथ ही यह भी कहा गया कि उनकी मदद के लिए और सिपाही भेजे जा रहे हैं।

अब तक के हमलों में मुँह की खाने के बाद चीनी फौजी समझ चुके थे कि वेलोंग पर कब्जा करना उनके लिए शेर के मुँह में जाने जैसा है इसलिए उन्होंने रणनीति बदली। इस बार चीनी फौज ने पीछे से हमला किया। पश्चिम से चीनी फौजियों की एक बड़ी टुकड़ी बर्फीले दर्रे को पार करती हुई आगे बढ़ने लगी।

असम रायफल्स की पेट्रोल पार्टी ने चीनियों की हरकत देख ली, चीनी ग्रीन पिंपल पर जम चुके थे। 6 नवंबर को 6 कुमाऊँ को आदेश दिया गया कि वे ग्रीन पिंपल से चीनी सैनिकों को खदेड़ दें। अल्मोड़ा और पिथौरागढ़ के इन बहादुर कुमाऊँनी सिपाहियों का नेतृत्व कैप्टन आर के माथुर कर रहे थे। 6 कुमाऊँ के पास कोई आर्टिलरी मदद नहीं थी, जो दुश्मन पर गोलाबारी करके उन्हे तितर-बितर कर सके। इसके बावजूद कुमाऊँ रेजीमेंट के इन जवानों

ने चीनियों पर हमला कर दिया। लड़ाई दो घंटे तक चली और आखिरकार चीनियों को ग्रीन पिंपल छोड़कर भागना पड़ा।

लेकिन अब दुर्भाग्य काले बादल लेकर छा रहा था। कठिन परिस्थितियों में भी ग्रीन पिंपल से चीनियों को खदेड़ने के बाद 6 कुमाऊँ के जवानों के लिए मुसीबत खड़ी हो गई। सैनिकों का गोला-बारूद खत्म हो गया और उन्हें वह पोस्ट छोड़ने के लिए मजबूर होना पड़ा।

इस बीच चीनियों ने ग्रीन पिंपल और येलो पिंपल की तरफ फिर से बढ़ना शुरू कर दिया। इस बार 6 कुमाऊँ को आदेश दिया गया कि वे ऐसी जगह पर मोर्चा बनाएँ जहाँ से इन दोनों पहाड़ियों के लिए रास्ता जाता हो। यह एक तरह से तिराहा था और चीनी सैनिकों को यहाँ से गुजरना ही पड़ता। इस तिराहे पर मोर्चाबंदी के साथ-साथ इन बहादुर जवानों को आदेश हुआ कि वे अब येलो पिंपल से चीनी सैनिकों को खदेड़ें।

यह सामरिक तौर पर एक आत्मघाती फैसला था। 14 नवंबर को भारत के तत्कालीन प्रधानमंत्री जवाहरलाल नेहरू का जन्मदिन होता है, सामरिक मामलों के कुछ जानकार बताते हैं कि नेहरू को येलो पिंपल जीतकर तोहफा देने के लिए इस हमले की योजना बनाई गई।

फैसला जो भी हो, हर आदेश को माना गया। 14 नवंबर को सुबह साढ़े 9 बजे 6 कुमाऊँ की दो टुकड़ियों ने येलो पिंपल पर हमला कर दिया। एक कंपनी बाईं तरफ से आगे बढ़ी, जबकि दूसरी कंपनी ने दाईं तरफ से हमले की कमान सँभाली। बाईं तरफ से हमला करनेवाली टुकड़ी का नेतृत्व कैप्टन बी.एन. सिंह कर रहे थे। चीनी सैनिकों की भारी गोलाबारी के बीच यह टुकड़ी दुश्मन के बेहद करीब पहुँच गई। अब इस कंपनी और चीनी सैनिकों के बीच फासला महज एक क्रिकेट के पिच की जितनी दूरी का रह गया। दुश्मन साफ-साफ नजर आ रहे थे। जबकि दाईं तरफ से हमला करनेवाली कंपनी को चोटी पर पहुँचने से थोड़ी ही दूरी पर चीनी सैनिकों ने रोक दिया। इस टुकड़ी का नेतृत्व कैप्टन बी एन शर्मा कर रहे थे। दोनों तरफ से भारी गोलाबारी शुरू हो गई और 6 घंटे की जबरदस्त लड़ाई के बाद दाईं तरफ से

हमला करनेवाली टुकड़ी भी दुश्मन के बेहद नजदीक पहुँच गई। दुश्मन और इस टुकड़ी के बीच केवल पचास गज का फासला रह गया था।

6 कुमाऊँ के ये बहादुर जवान दुश्मन के बेहद करीब तो पहुँच गए, लेकिन अब पीछे से मदद मिलनी बंद गई। दोनों टुकड़ियों के लिए चंद जवान भेजे गए, लेकिन दूसरी तरफ चीनी सैनिकों को पीछे से भारी मदद मिलने लगी और वे लगातार मजबूत होते गए।

येलो पिपंल पर दुश्मन को दो तरफ से घेरने के बाद अब भारतीय सैनिकों ने अपनी स्थिति हेडक्वार्टर को बताई और यह साफ कर दिया कि अगर जल्द गोला-बारूद और मदद नहीं भेजी गई तो अपनी पोजीशन पर डटे रहना मुश्किल हो जाएगा, लेकिन कुछ नहीं हुआ, हेडक्वार्टर से आदेश मिला कि जब तक हो सके अपने मोर्चे पर डटे रहो।

चीनी सैनिकों के लिए मदद आ गई थी, उनके लिए न सिर्फ और गोला-बारूद आया, बल्कि जवानों के नई टुकड़ी ने भी उनके अंदर ताकत भर दी, जबकि चोटी से कुछ ही दूरी पर मोर्चा लगाए भारतीय जवान पिछले 12 घंटे से लड़ रहे थे और उनका गोला-बारूद भी खत्म हो रहा था।

14 नवंबर की रात को ही रात साढ़े 11 बजे चीनियों ने जवाबी हमला शुरू कर दिया। चीनियों की ताकत दो गुनी से भी ज्यादा हो चुकी थी और उन्होंने उसी ताकत से 6 कुमाऊँ की दोनों टुकड़ियों को चारों तरफ से घेर लिया।

इस आक्रमण के बावजूद कुमाऊँ रेजीमेंट के ये बहादुर जवान अपनी आखिरी साँस तक लड़ते रहे। आखिरकार उन्हें पीछे हटने का आदेश मिला और कहा गया कि वे अब उसी तिराहे पर दुश्मन का इंतजार करें, जहाँ से हमले के लिए गए थे।

येलो पिंपल पर हमला करने गई दो टुकड़ियों के 200 जवानों में से केवल 90 जवान वापस आए। 120 जवानों की शहादत हो गई।

15 नवंबर की सुबह साढ़े 4 बजे चीनियों ने उसी तिराहे पर हमला कर दिया, जहाँ 6 कुमाऊँ की बाकी कंपनियाँ तैनात थीं। यह हमला नकाम हो गया, लेकिन चीनी सैनिक पूरी तरह से पीछे नहीं हटे। उन्होंने दूसरा हमला शाम

6 बजे किया और उसके बाद वे तितर-बितर होने के बावजूद लगातार हमले करते रहे। इस बीच डोगरा रेजीमेंट के 33 जवान 6 कुमाऊँ की मदद के लिए तिराहे पर पहुँच गए। 4 डोगरा के यह वे जवान थे, जो चीनी हमले से बच गए थे। 4 डोगरा के इन जवानों के रास्ते में चीनी सैनिकों ने घात लगाकर हमले किए और आखिर में बचे ये 33 जवान 6 कुमाऊँ की मदद के लिए पहुँच गए।

चीनी सेना ने अब रात साढ़े 7 बजे भारतीय फौजियों को निशाना बनाकर भारी मोर्टार फायरिंग शुरू कर दी। चीनियों का यह हमला बड़ा था। चीनी सैनिक दो तरफा आक्रमण कर रहे थे। भारतीय फौजियों के ऊपर आसमान से गोले बरस रहे थे तो सामने से चीनी सैनिक फायर कर रहे थे। इस दोहरे हमले के बीच भारतीय जवानों की गोलियाँ खत्म होने लगीं। तभी 6 कुमाऊँ के कमांडिंग ऑफिसर ने तय किया कि वे इस तिराहे से हटेंगे और पीछे दुश्मन का इंतजार करेंगे। 16 नवंबर की रात 11 बजे कुमाऊँ और डोगरा के जवानों ने तिराहे को खाली करना शुरू कर दिया।

इस बीच चीनियों ने आक्रमण और तेज कर दिया अब वे बड़ी तोपें और ज्यादा संसाधन लेकर हमले की तैयारी करने लगे। लोहित नदी को पार करने

वेलोंग की एकमात्र हवाई पट्टी

के लिए उनके पास एडवांस नावें आ गईं। 15 नवंबर की रात चीनी सैनिकों ने सभी भारतीय पोस्टों को निशाना बनाकर एक साथ हमला कर दिया। चीनी सैनिक तादात में ज्यादा थे। उनके पास भारी तोपें थीं, उसके जवाब में भारतीय सैनिक अपने गिने-चुने हथियारों के साथ मुकाबला कर रहे थे। ज्यादातर पोस्टों पर जवानों के पास गोलियाँ खत्म होने लगी थीं और मदद पहुँचाने का कोई रास्ता नहीं था।

फिर वह घड़ी आ गई, जब मातृभूमि पर बलिदान हो जाने के अलावा इन सैनिकों के पास कुछ नहीं बचा। जब गोलियाँ खत्म हो गईं तो जवानों ने अपनी बंदूकों में लगी संगीनें निकाल लीं और दुश्मन का मुकाबला करने लगे। 16 नवंबर की रात को चौकियाँ खाली करने का आदेश दिया गया, लेकिन तब तक बहुत देर हो चुकी थी। भारतीय सैनिकों के सर्वोच्च बलिदान की कहानी वेलोंग की वादियों में लिखी जा चुकी थी।

वेलोंग से निकले कुमाऊँ और डोगरा के जवान अब पहाड़ी रास्तों पर भटक गए। घास-फूस खाकर आगे बढ़ रहे ये जवान 8 दिन बाद तेजू पहुँचे।

गोरखा जवानों पर चीनियों ने दो तरफ से घात लगाकर हमला किया और उनके कमांडिंग अफसर को बंदी बना लिया। इस बटालियन के एक अफसर 30 दिन बाद तेजू पहुँचे। सिख रेजीमेंट के नायक गुरदीप सिंह तो 37 दिनों तक चलते रहे और आखिरकार तेजू पहुँचे। भारतीय सैनिक बुरी तरह भटक गए, चीनियों ने घात लगा-लगाकर वापस लौटते सैनिकों पर हमला किया। एक टुकड़ी का संपर्क दूसरी से नहीं हो पा रहा था। बुरी तरह से घिरे होने के बावजूद कुछ बहादुर सैनिकों ने चीनियों से मोर्चा लिया, कुछ भाग्यशाली थे जो बच गए, लेकिन ज्यादातर सैनिक मातृभूमि के लिए शहीद हो गए।

कुमाऊँ, सिख, डोगरा और गोरखा भाई एक-दूसरे के साथ कंधे से कंधा मिलाकर लड़ते रहे, उनकी वीरता की कहानियाँ बतानेवाला भी कोई नहीं बचा। जो जिंदा बच गए वे बताते हैं कि हमारे सैनिकों की वीरता देखकर माँ दुर्गा भी स्वयं उन्हें आशीर्वाद देने आई थीं। □

4

दुनिया का सबसे खतरनाक युद्ध रीजांग-ला—1962

चीन ने भारत के साथ युद्ध छेड़ने से पहले चारों तरफ से पासे पक्के कर लिये। दुनिया की दो बड़ी महाशक्तियाँ आपस में उलझी हुई थीं। अमेरिका ने इटली और तुर्की में मिसाइलें तैनात कर दी थीं तो सोवियत रूस ने क्यूबा में मिसाइल तैनात कर दी। कोल्ड वॉर के ये सबसे तनाव भरे दिन थे। न सोवियत रूस और न ही अमेरिका, भारत की मदद के लिए कोई नहीं आ सकता था। ठीक इसी वक्त में चीन ने भारत पर आक्रमण बोल दिया। आप अंदाजा लगाइए कि क्यूबा मिसाइल संकट 16 से 28 अक्तूबर के बीच चला और चीन ने 20 अक्तूबर को हमला बोला और 21 नवंबर को एकतरफा सीजफायर कर दिया।

मेजर शैतान सिंह

युद्ध की इस अमरगाथा से पहले इतिहास के कुछ पन्ने पलटने जरूरी हैं। भारत और चीन के बीच की सीमा को मैकमोहन लाइन कहा जाता है। अंग्रेजों ने भारत पर शासन करने के दौरान कई बार यह कोशिश की कि चीन इसे अंतरराष्ट्रीय सीमा मान ले, लेकिन चीन किसी-न-

किसी बहाने से इसे टालता रहा। जहाँ फायदा नजर आया, वहाँ उसने इसे आंशिक तौर पर माना भी, लेकिन कभी पूरी तरह से मैकमोहन लाइन को स्वीकार नहीं किया। आजादी के बाद भारत और चीन के संबंधों की जो बुनियाद पड़ी, उसे देखकर कोई कह नहीं सकता था कि यह दिन भी देखने को मिलेगा। चीन को मान्यता, फिर यू.एन. में उसका प्रस्तावक, इतना ही नहीं सुरक्षा परिषद में अपनी कुर्सी गँवाकर चीन को बिठानेवाले जवाहरलाल नेहरू ने सपने में भी नहीं सोचा था कि उनकी पीठ में इस तरह से खंजर घोंपा जाएगा। नेहरू थोड़ा मुगालते में भी थे, उन्हें अपनी छवि एक अंतरराष्ट्रीय नेता के तौर पर नजर आती थी, जबकि वे चीन के तत्कालीन शासकों को अपने मुकाबले में कहीं नहीं देखते थे। नेहरू को चीन के प्रति कभी-कभी आशंका तो होती थी, लेकिन उन्हें यकीन था कि अगर चीन ने कुछ उलटा-सीधा किया तो दुनिया उनके साथ खड़ी हो जाएगी। वे यह नहीं समझ पाए कि जो खुद अपनी रक्षा के काबिल नहीं होता, उसे दुनिया भी नहीं पूछती। शायद नेहरू की इन्हीं नीतियों को देखकर कवि रामधारी सिंह 'दिनकर' ने लिखा था—

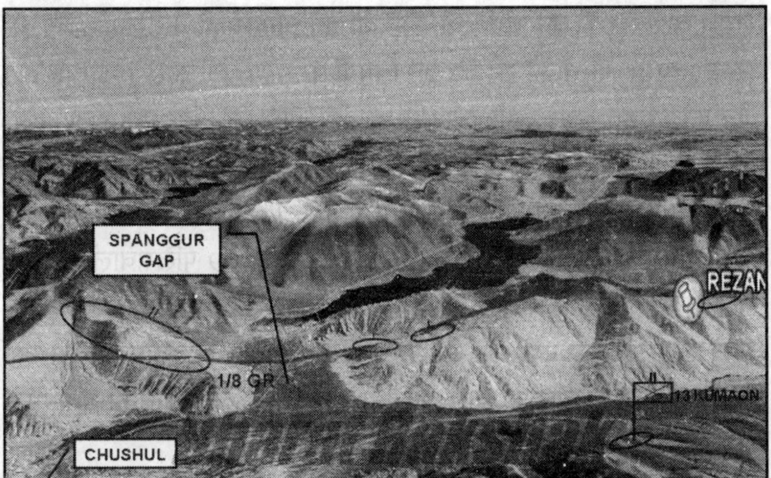

रीजांग-ला में भारतीय फौज की तैनाती

'सच पूछो, तो शर में ही बसती है दीप्ति विनय की
संधि-वचन संपूज्य उसी का जिसमें शक्ति विजय की।
सहनशीलता, क्षमा, दया को तभी पूजता जग है
बल का दर्प चमकता उसके पीछे जब जगमग है।'

भारतीय सेना के पास मनोबल तो था, लेकिन हथियारों का बल नहीं। 10 सालों के शासन में सेना पर कभी उतना ध्यान नहीं दिया गया, जितना असहज पड़ोसियों को ध्यान में रखकर दिया जाना चाहिए था। ऐसा नहीं है कि नेहरू को किसी ने इस बात की चेतावनी नहीं दी, तत्कालीन गृहमंत्री सरदार वल्लभभाई पटेल ने तो लंबी चिट्ठी लिखकर उन्हें साफ-साफ बता दिया था कि चीन के प्रति उनकी नीतियाँ भविष्य के लिए खतरा हो सकती हैं। पटेल ने तो यहाँ तक कह दिया कि बीजिंग में भारत के राजदूत की निष्ठा पर तो कोई शक नहीं, लेकिन समझ पर पर्दा पड़ गया है। पटेल की तमाम चेतावनियों को दरकिनार कर दिया गया और उसके बाद वह हुआ, जिसके लिए आज यह कहानी लिखनी पड़ी।

1960 तक चीन ने भारत से सटी सीमा पर अपने नेटवर्क मजबूत कर लिया। वहाँ सड़कें बन चुकी थीं, सैनिकों की आवाजाही के लिए साधन थे। उसके विपरीत भारत की सरकार इन विषयों पर गौण बनी रही। 1959 के बाद चीन की हरकतें बढ़ने लगीं, चीन ने भारतीय सीमा के अंदर कई इलाकों पर अपना दावा ठोकते हुए घुसपैठ शुरू कर दी। लद्दाख में स्पांगुर गैप के पास भारतीय पेट्रोल को गिरफ्तार कर लिया गया। 21 अक्तूबर, 1959 को कोंगा पास में भारतीय सीमा के 80 किलोमीटर अंदर घुसकर 9 पुलिसवालों को मार डाला गया, जबकि 7 को बंधक बना लिया गया। भारतीय इंटेलीजेंस के पास बताने के लिए कुछ नहीं था, क्योंकि उन्होंने इस दिशा में कभी काम ही नहीं किया था, जबकि चीन के पास भारतीय सेना की गतिविधियों की एक-एक जानकारी पहुँचती थी।

इस लड़ाई के मैदान में कूदने से पहले उन बहादुरों का परिचय जान

रीजांग-ला में फौज की पोस्ट

लेना जरूरी है, जिनकी वजह से रीजांग-ला की लड़ाई दुनिया की सर्वश्रेष्ठ आठ वीरता की लड़ाइयों में गिनी जाती है।

कुमाऊँ रेजीमेंट के नाम से हमें अल्मोड़ा और पिथौरागढ़ के वीर सपूतों की याद आती है, लेकिन 13 कुमाऊँ की कहानी कुछ अलग है।

इस बटालियन का गठन 5 अगस्त, 1948 को कानपुर में हुआ था। शुरुआत में इसमें 50 प्रतिशत यादव और 50 प्रतिशत कुमाऊँनी थे, जबकि मार्च 1960 तक पूरी रेजीमेंट में केवल यादव रह गए। सभी कुमाऊँनी 2 और 6 कुमाऊँ में शिफ्ट कर दिए गए, जबकि उनके यादव सैनिक 13 कुमाऊँ में आ गए।

13 कुमाऊँ ने अपने गठन के बाद कभी युद्ध नहीं देखा, हालाँकि कश्मीर में तैनाती और उत्तर पूर्व में कई सफल ऑपरेशन का अनुभव उनके पास था। नागा ऑपरेशन ने इस बटालियन को रीजांग-ला की लड़ाई के लिए तैयार कर दिया था। 18 नवंबर, 1962 की रात के उस युद्ध ने इस बटालियन को मशहूर कर दिया। 13 कुमाऊँ को युद्ध, अदम्य साहस और बलिदान के लिए जाना जाने लगा।

अब उस जगह का भूगोल जान लीजिए, जहाँ ये लड़ाई लड़ी गई। चीन

की सीमा के पास 14,230 फीट की ऊँचाई पर चुशूल है। ये वादी चालीस किलोमीटर लंबी है और करीब 6 किलोमीटर चौड़ी, गाँव हैं, लेकिन वे बहुत दूर-दूर बसे हैं। यह एक ऐसी दुर्गम जगह है, जहाँ जाना हर किसी के बस की बात नहीं है। खासकर मैदानी इलाकों में रहनेवाले लोगों को तो अतिरिक्त साहस जुटाना पड़ता है। यहाँ पर 160 किलोमीटर लंबी खारे पानी की पैंगोंग त्सो झील है, जो सिंधु नदी के समानांतर बहती है। यह झील सूर्य की स्थिति के हिसाब से सुबह शाम अपना रंग बदलती है।

चुशूल जाने के लिए भारतीय सैनिकों को लेह होकर जाना पड़ता है। यह इलाका बेहद ठंडा है और इलाके के मौसम के हिसाब से चीन की तैयारी पूरी थी। उसके सिपाहियों के पास ठंड में पहननेवाले कपड़े तो थे ही, साथ ही आधुनिक हथियार भी थे। जून 1962 तक कुमाऊँ रेजीमेंट के 13वीं बटालियन अंबाला में थी, जहाँ से इसे बारामुला जाने का हुक्म मिला। ठीक चार महीने बाद अक्तूबर 1962 में बटालियन को लेह जाने का हुक्म सुना दिया गया। पहले योजना यह थी कि कुछ दिन मौसम के मुताबिक ढलने के बाद 13 कुमाऊँ को चुशूल भेजा जाएगा, लेकिन हालात इस कदर बदले की कोई अंदाजा भी नहीं लगा पाया। खुफियाँ एजेंसिया यह पता लगाने में नाकाम थीं कि सीमा के उस पार चीनी सैनिकों का जमावड़ा बढ़ रहा है और वे अत्याधुनिक हथियारों से लैस हो रहे हैं।

घटनाक्रम तेजी से बदलने लगा, जैसै ही चीनी आक्रमण का खतरा महसूस किया गया तो हरकतें भी तेज हो गईं। महावीर चक्र विजेता मेजर जनरल बुद्ध सिंह की कमान में जल्दबाजी में 3 टुकड़ियाँ बनाई गईं। 13 अक्तूबर को 13 कुमाऊँ की बी और सी कंपनी को चुशूल सेक्टर में जाने का आदेश हुआ। इन दोनों कंपनियों को मुगर हिल और रीजांग-ला फीचर पर भेजा गया। 24 अक्तूबर को बटालियन चुशूल पहुँची, डी कंपनी को स्पांगुर दर्रे पर तैनात किया गया। ए कंपनी को रिजर्व बटालियन हेडक्वार्टर में रिजर्व में रखा गया। 26 अक्तूबर को ब्रिगेडियर टी.एन. राना के नेतृत्व में 114 इन्फेंट्री ब्रिग चुशूल आ गई। गुरुंग हिल, गन हिल, और स्पंगुर दर्रे

रीजांग-ला में शहीदों का अंतिम संस्कार

पर 1/8 ग्रेनेडियर ने पोजीशन ले ली। 13 कुमाऊँ की बी और डी कंपनी ने मोर्टार सैक्शन के साथ मेजर आर.वी. जट्टार की कमांड में मुगर हिल पर मोर्चा सँभाल लिया। सी कंपनी ने मोर्टार सैक्शन के साथ मेजर शैतान सिंह की कमांड में चुशूल से 30 किलोमीटर दक्षिण में रीजांग-ला पर मोर्चा सँभाला।

भारतीय सैनिकों के पास बंकर बनाने का कोई साजो-सामान नहीं था। खुदाई के लिए उपकरण नहीं थे। कड़ाके की ठंड तो थी ही, ऊँचाई वाली जगह होने के कारण ऑक्सीजन की भी कमी थी।

बंकर के लिए थोड़ी सी भी खुदाई शरीर को बुरी तरह थका देती थी, खासतौर पर उन यादव सैनिकों को, जो मैदानी इलाकों के रहनेवाले थे और उन्हें इस वातावरण में ढलने का मौका तक नहीं मिल पाया था। ये थकान इन सैनिकों को मानसिक रूप से भी निचोड़ देती थी। शुरुआती दिन बेहद कठिनाई से गुजरे, लेकिन इनके जज्बे ने जल्द ही मौसम और हालात पर काबू पा लिया।

संसाधनों की हर तरफ से कमी थी। चुशूल जैसे दुर्गम इलाके में सितंबर

के महीने में ही सर्दी शुरू हो जाती है, अक्तूबर के महीने से तो हालात और खराब हो जाते हैं। इस सर्दी में भारतीय सैनिकों के पास पहनने के लिए गरम कपड़े तक नहीं थे, न सोने के लिए स्लीपिंग बैग थे। दिन-रात सर्द हवाएँ शरीर को काटती रहती थीं। खाने के राशन की सप्लाई भी सीमित थी, जो कुछ आता था, वही मिल-बाँटकर पूरी यूनिट खाती थी। धीरे-धीरे सर्दी इतनी बढ़ गई कि पानी गरम करना मुश्किल हो गया, सब्जियाँ और फल बर्फ की तरह जम जाते थे।

अब हथियारों की बात करते हैं। सीमा के उस पार चीन बड़ा तोपखाना लेकर हमले की तैयारी कर रहा था, जहाँ भारतीय फौज के पास दुश्मन की आर्टिलरी का जवाब देने को लिए तोपें नहीं थीं। रीजांग-ला तो सीधे चीनी फौज की तोपों के निशाने पर था। भारतीय सैनिकों के पास दूसरे विश्व युद्ध के जमाने की .303 सिंगल शॉट रायफल थीं। हर बार गोली चलाने के बाद इसे कॉक करने पड़ता था तब दूसरी गोली लोड होती थी और फायर किया जाता था। दूसरी तरफ चीनी सैनिकों के पास 7.62 सेल्फ लोडिंग रायफल थी, जिसमें एक बार में ही 30 गोलियाँ तक लोड की जा सकती थीं। भारतीय सिपाहियों के पास जो कम्यूनिकेशन रेडियो थे, वे भी मौसम की मेहरबानी से चलते थे। ठंड बढ़ने पर रेडियो की बैटरी जम जाती थी और बिना बैटरी के पूरा सिस्टम बेकार हो जाता था।

वहीं चीनी सैनिक मौसम के अनुकूल ढल चुके थे, उनके पास तोपखाना, अच्छी बंदूकें, उपकरण और खाने के लिए बढ़िया राशन था। इतना ही नहीं खुदाई के लिए भारी ड्रिलर मशीन और टैंकों को वे स्पांगुर गैप तक लाने में भी कामयाब हो गए थे। इन संसाधनों के साथ वे रोज मजबूत होते चले जा रहे थे और ऊँचाई पर बैठे हमारे सैनिक बड़ी बेबसी के साथ दुश्मन की बढ़ती ताकत को देखते रहते थे। चीनी फौज में इलाके की समझ रखनेवाले लोकल सिपाही भी मौजूद थे, जबकि 13 कुमाऊँ में रेवाड़ी और अलवर के यादव थे, जिन्हें यहाँ की भौगोलिक स्थिति समझने का मौका तक नहीं दिया गया।

आशंका थी कि चीनी सैनिक सबसे पहले रीजांग-ला पर हमला करेंगे

और इस मोर्चे की कमान मेजर शैतान सिंह के हाथों में थी। मेजर शैतान सिंह ने जहाँ पर मोर्चा सँभाला उसके सामने पाँच किलोमीटर का मैदान था। मेजर की पोस्ट से दुश्मन को दूर से ही देखा जा सकता था।

जमादार सुरजा सिंह की कमान में 7 प्लाटून आगी की ढलान से तीन किलोमीटर दूर तैनात की गई। 8 प्लाटून जमादार हरि राम की कमान में दर्रे के पास तैनात हुई। 9 प्लाटून जमादार राम चंद्र की कमान में 7 प्लाटून से 1 किलोमीटर उत्तर में तैनात की गई।

जिस तेजी से तैनाती हुई, उससे न तो खंदक बनाने का मौका मिला और न ही बारूदी सुरंगों को बिछाने का। ये पॉलिसी भी लाद दी गई की अंतरराष्ट्रीय सीमा पर किसी तरह की पेट्रोलिंग नहीं होगी। आर्टिलरी सपोर्ट की हालत बुरी थी। इन तमाम विपरीत परिस्थितियों के बावजूद 24 अक्तूबर को सभी यूनिट्स को आखिरी गोली, आखिरी व्यक्ति के जिंदा रहने तक लड़ने के आदेश जारी कर दिए गए। पोजीशन को और मजबूत करने के लिए सी कंपनी को तीन एल.एम.जी. दी गईं।

17 नवंबर की रात को करीब 10 बजे 2 घंटे तक भारी बर्फीला तूफान आया। तूफान के बाद बिजिबिलिटी केवल 600 मीटर रह गई थी। सुबह 2 बजे तक 8 प्लाटून की पेट्रोलिंग पार्टी ने देखा कि महज 700 मीटर दूर भारी-भरकम चीनी फौज दर्रे के पास से गुजर रही है। पेट्रोलिंग पार्टी के कमांडर लांस नायक ब्रिज लाल सूचना देने के लिए फौरन प्लाटून हेडक्वॉर्टर भागे, लेकिन तब तक चीनी सैनिक बेहद नजदीक आ चुके थे।

पेट्रोल पार्टी ने खतरे की सूचना देनेवाली लाल लाइट का सिग्नल भेजा और एल.एम.जी. से फायरिंग शुरू कर दी। सी कंपनी को अपनी खंदक में पोजीशन लेने के लिए सतर्क करते हुए वे फायरिंग करने लगे। ठीक उसी तरह सी कंपनी की पेट्रोल ने भी चीनी सैनिकों की भारी मूवमेंट देखी और कंपनी को अलर्ट कर दिया। मेजर शैतान सिंह ने फौरन सभी यूनिट से संपर्क कर यह सुनिश्चित किया की सभी रैंक अपनी पोजीशन पर लड़ाई के लिए तैयार हैं। जवानों की संख्या कम होने की वजह से 7 और 9 प्लाटून के बीच फासला

ज्यादा था, इसलिए मेजर शैतान सिंह ने स्थिति का सही जायजा लेने के लिए प्लाटून 9 से एक पेट्रोल भेजने को कहा। पेट्रोल ने पुख्ता कर दिया की भारी तादात में चीनी सैनिक जमा हैं।

चीनी सैनिकों की रणनीति शातिर थी। वे खराब मौसम के बावजूद आगे बढ़ रहे थे, ताकि एकदम करीब आकर दुश्मन को चौंकाया जा सके।

चार्ली कंपनी ट्रिगर पर हाथ रखे संयम के साथ दुश्मन के हमले का इंतजार कर रही थी। सुबह पाँच बजे जैसे ही मौसम थोड़ा साफ हुआ, चीनी सैनिकों का पहला जमावड़ा उनके हथियारों के साथ दिखाई देने लगा। भारतीय सैनिकों ने फायरिंग शुरू कर दी, दुश्मन का स्वागत जबरदस्त हमले से किया गया। कई चीनी सैनिक मारे गए, कई घायल हुए, लेकिन उनकी दूसरी टुकड़ियाँ पीछे से मदद दे रही थीं, इसलिए वे आगे बढ़ते रहे। एक के बाद एक चीनी सौनिकों की फौज हमला करती रही और मार खाकर गिरती रही, लेकिन उनकी तादाद इतनी ज्यादा थी कि वो रुकने का नाम ही नहीं ले रहे थे। चीनियों ने एक के बाद एक चार हमले किए, हर बार उन्होंने मात खाई, लेकिन भारतीय खेमे में गोला-बारूद की कमी पड़ने लगी।

रीजांग-ला में शहीद सिपाहियों के शव

जैसे ही पाँचवाँ हमला शुरू हुआ, नायक चंदगी राम जो कि एक नामी पहलवान भी थे, उन्होंने अपनी बंदूक की संगीन से ही सात चीनी सैनिकों को मार डाला और वीरगति को प्राप्त हो गए। कुछ और चीनी पेट्रोल से झड़प हुई, लेकिन वे सब वापस भाग गए। हालाँकि इन्हीं में से एक पेट्रोल ने बटालियन हेडक्वार्टर तक जानेवाली टेलीफोन लाइन काट दी, लेकिन उसे भी सुबह 05:45 बजे तक भगा दिया गया।

चीनी सैनिक अब तक समझ चुके थे कि रीजांग-ला उनके लिए आसान नहीं है, उन्होंने तुरंत अपनी रणनीति में बदलाव किया। रीजांग-ला पर भारी गोलाबारी की गई। 75 एम.एम. की तोपों से उन भारतीय सैनिकों पर गोले बरसाए गए, जिनके पास छिपने के लिए बंकर तक नहीं थे। भारतीय सैनिकों के पास न तो बम से बचने का कोई उपाय था, न ही जवाबी हमला करने के लिए किसी तरह की आर्टिलरी की मदद।

चीनी सैनिक प्लाटून 7 की पोजीशन को घेरने के लिए जमा होने लगे, वहाँ पर कोई सैनिक जिंदा नहीं था। थोड़ी दी दूरी पर भारी गोलाबारी में बचे एकमात्र सैनिक नायक सही राम अपनी एल.एम.जी. के साथ दुश्मन का इंतजार करने लगे। अकेले नायक सही राम ने अपनी एल.एम.जी. के दम पर चीनी सैनिकों के आक्रमण को नाकाम कर दिया। चीनी सैनिक तितर-बितर तो हो गए, लेकिन जल्द ही उन्होंने आर.सी.एल. से नायक सही राम की पोजीशन पर हमला कर उन्हें शहीद कर दिया।

इस बीच मेजर शैतान सिंह अपने बचे-खुचे सैनिकों के साथ आगे बढ़ रहे चीनी सैनिकों पर गोलियाँ बरसाने लगे। मेजर शैतान सिंह अपने सौनिकों में जोश भरते, उन्हें गोला-बारूद पहुँचाते, किसी तरह उन्होंने अपनी बहादुरी से चीनी सैनिकों को आगे बढ़ने से रोका हुआ था। वे एक गन पोजीशन से दूसरी पोजीशन तक जाते और सैनिकों का हौसला बढ़ाते। इसी बीच दुश्मन सैनिकों के एल.एम.जी. का फायर उनके कंधे पर लग गया, लेकिन दर्द की परवाह किए बगैर वे अपने सैनिकों में जोश भरते रहे और दुश्मन को मार गिराने के लिए प्रेरित करते रहे। उनके कंपनी हवलदार मेजर हरफूल सिंह ने

उनसे कुछ सैनिकों के साथ सुरक्षित जगह पर जाने को कहा, लेकिन शैतान सिंह नहीं माने। चीनी आक्रमण तेज हो गया, एक के बाद एक भारतीय सैनिक शहीद होने लगे। वे तब तक गोलियाँ बरसाते रहे, जब तक गोलियाँ खत्म नहीं हो गईं। इस बीच मेजर शैतान सिंह के पेट में गोली लगी, उनके शरीर से बुरी तरह से खून निकलने लगा। फूल सिंह और जयनारायण उन्हें एक बड़े पत्थर के पीछे लेकर गए और उनके घावों पर पट्टी बाँधी, हालाँकि वहाँ पर संपर्क करने के लिए साधन नहीं थे बावजूद इसके उन्होंने फूल सिंह और जयनारायण को बटालियन हेडक्वार्टर जाने को कहा और रात भर वहीं सर्दी में जमकर शहीद हो गए।

स्पांगुर गैप में 1/8 ग्रेनेडियर बहादुरी से लड़ रही थी। उनको लेफ्टिनेंट गोस्वामी ऑर्टिलरी सपोर्ट दे रहे थे। वहीं सेकेंड लेफ्टिनेंट बासवानी टैंक से फायर करके दुश्मन को नेस्तनाबूत करने में लगे थे। चीनी सैनिक मधुमक्खियों की तरह झुंड बनाकर गुरुंग हिल पर कब्जा करने के लिए चले आ रहे थे। कैप्टन पी.एल. खेर की कमांड में गुरुंग हिल की रक्षा कर रही 1/8 ग्रेनेडियर का इम्तिहान नजदीक आ गया था। सामने चीनी सैनिक थे। लेफ्टिनेंट गोस्वामी दुश्मन पर लगातार हमला कर रहे थे। दुश्मन भारी पड़ने लगे। इसी बीच एक धमाके में गोस्वामी के साथ तीन लोग मारे गए। गोस्वामी बुरी तरह घायल हो गए। बर्फ में उनका पैर जम गया, जिसे बाद में काटकर अलग करना पड़ा। उनकी इस बहादुरी के लिए उन्हें महावीर चक्र मिला।

दुश्मनों से घिर चुके हरफूल सिह ने अपने तीन जिंदा बचे सैनिकों के साथ भी मोर्चा नहीं छोड़ा। प्राणों की आहुति की अग्नि में वे दुश्मन को भस्म करने की ठान चुके थे। वे चारों बहादुर सैनिक दुश्मन पर गोलियाँ बरसाते रहे। आखिर में गोलियाँ चलाते-चलाते शहीद हो गए।

मोर्टार पोजीशन पर बैठे रामकुमार का सारा गोला-बारूद खत्म हो चुका था। उन्हें आदेश मिला कि उस नक्शे को फाड़ डालें, जिसमें भारतीय सेना का फायरिंग प्लान है। ये प्लान चीनी सैनिकों के हाथ में पड़ सकता था। रामकुमार जैसे ही मोर्टार को नष्ट कर रहे थे, बीस गज की दूरी से चीनी

सैनिकों ने उनके ऊपर गोलियाँ बरसानी शुरू दीं। रामकुमार को गोली लग गए, खून बहने लगा, लेकिन रणभूमि में तो हौसला ही हथियार बन चुका था। रामकुमार ने अपनी .303 रायफल से दुश्मनों के सैनिकों को मार गिराया, एक अकेली रायफल से इस तरफ फायरिंग की कि दुश्मन उनकी पोस्ट तक नहीं पहुँच पाए। आखिरकार चीनी सैनिकों ने ग्रेनेड फेका और रामकुमार की पोस्ट से फायरिंग बंद हो गई।

कई घंटों बाद चमत्कार हुआ, रामकुमार को होश आया। खून से लथपथ रामकुमार लुढ़कते हुए बटालियन हेडक्वार्टर पहुँचे और रीजांग-ला की वह महान् कहानी बताई, नहीं तो यह कहानी शायद बर्फ की चादर में दब कर रह जाती। चीनी सैनिकों ने पाँच भारतीय सिपाहियों को युद्धबंदी बना लिया। सिपाही बलवीर सिंह की मौत चीनी सेना की कैद में ही हो गई। रीजांग-ला में आखिरी गोली और आखिरी सिपाही तक भारतीय सैनिकों ने दुश्मन का मुकाबला किया। उन्होंने न तो मदद माँगी और न ही कोई मदद उन तक पहुँच सकी।

इस युद्ध में बचे चंद सैनिकों ने जब अपने कमांडर्स को बताया कि उनकी यूनिट के एक-एक सिपाही ने 10-10 से ज्यादा चीनी सैनिकों को मारा है तो कोई यकीन नहीं कर पाया। इन सैनिकों को असली बात बताने से मना करने की कोशिशें भी हुईं, आखिरकार सच सामने आ ही गया।

इन जवानों की बहादुरी के आगे चीनी सेना के कमांडर भी नतमस्तक हो गए। उन्होंने सैनिक सम्मान का लिहाज रखा और शहीद हुए भारतीय सैनिकों को सेल्यूट दिया। अगले साल गरमियों में जब रीजांग-ला तक लोग पहुँचे तो उन्होंने देखा कि भारतीय सैनिकों के सीने गोलियों से छलनी हैं। उनकी गोलियाँ खत्म हो गईं, लेकिन वे लड़ते रहे, मरने के बाद भी उनके हाथ बंदूक के ट्रिगर पर थे, मानो उन्हें अभी भी दुश्मन का इंतजार हो।

□

5

नूरानांग की वादियों में गूँजती है बाबा जसवंत की बहादुरी—1962

लद्दाख के रीजांग-ला और वेलोंग में चीनी सैनिक अंदर तक घुसते चले जा रहे थे। वेलोंग से करीब 100 किलोमीटर दूर नूरानांग का मोर्चा सँभालने की जिम्मेदारी 4 गढ़वाल रायफल्स को दी गई थी, कुमाऊँ, गोरखा, सिख और असम रायफल्स वेलोंग के बाकी मोर्चों पर चीनियों से लोहा ले रहे थे। 18 अक्तूबर से शुरू हुई जंग को एक महीना होनेवाला था, चीनी हमले बढ़ते जा रहे थे। संसाधनों की कमी के बावजूद बहादुरी से लड़ते हमारे देश के सिपाहियों की कहानी सुनकर पूरा देश उद्वेलित था। इस बीच 17 नवंबर को 4 गढ़वाल ने नूरानांग में बहादुरी की वह मिसाल कायम की, जिसे आज भी सलामी दी जाती है।

नूरानांग अरुणाचल का सीमावर्ती इलाका है। यहाँ पर एक सुंदर झरना है, जो आज के वक्त में पर्यटकों के लिए आकर्षण का केंद्र बना हुआ है। आज यहाँ हजारों सैलानी आते हैं, लेकिन 1962 में ये स्थितियाँ नहीं थीं। लद्दाख से लेकर रीजांग-ला और वेलोंग तक चीनी लगातार आक्रमण कर रहे थे। चीनी किसी भी कीमत पर नूरानांग को अपने कब्जे में लेना चाहते थे। उन्होंने एक के बाद एक चार हमले किए। हर बार सैकड़ों की तादात में चीनी फौजी आते थे और भारतीय चौकियों को निशाना बनाते थे। तीन बार चीनियों के इस हमले को बहादुर गढ़वालियों ने नाकाम कर दिया।

17 नवंबर को चीनी हमले का जवाब देते हुए 4 गढ़वाल के वीर

जवानों ने दुश्मन को वह जवाब दिया जिसका आज तक पूरी दुनिया मे कोई मुकाबला नहीं है। 4 गढ़वाल रायफल्स की एक बटालियन नूरानांग में तैनात थी, तत्कालीन लेफ्टिनेंट कर्नल बी.एम. भट्टाचार्य की कमांडवाली इस बटालियन को तवांग से पीछे हटने का हुक्म मिल चुका था। 17 नवंबर, 1962 की सुबह चीनियों ने बटालियन पर तीन बार हमला किया, लेकिन तीनों बार उन्हें मुँह की खानी पड़ी। उस वक्त की लड़ाई का हिस्सा रहे सैनिक बताते हैं कि इन हमलों में तीन सौ चीनी सैनिक मारे गए। इसी बटालियन की एक कंपनी नूरनांग पुल की रक्षा के लिए तैनात थी, चीनियों के लिए इस पुल पर कब्जा करना जरूरी थी, इसके बिना वे अरुणाचल में आगे नहीं बढ़ सकते थे।

नूरानांग के पुल पर चीनी कब्जा नहीं कर पा रहे थे, उनकी हताशा बढ़ती जा रही थी, वे यह नहीं समझ पा रहे थे कि उनसे आधी तादात और कम हथियारोंवाली भारतीय फौज आखिर इतना कड़ा मुकाबला कैसे कर रही है।

17 नवंबर को ही चीनी फौज ने सेला पास की तरफ से चौथी बार हमला किया। इस बार वे अपने साथ एम.एम.जी. लेकर आए थे।

एम.एम.जी. रायफल की वजह से चीनियों की आक्रमण क्षमता बढ़ गई। अब वे एक किलोमीटर की दूरी से ही भारतीय सैनिकों को निशाना बना सकते थे। एम.एम.जी. के साथ तीन जवान होते हैं, जो इसे चलाते हैं, बेल्ट पर गोलियाँ लगी होती हैं, जिससे सामने लगातार फायरिंग की जा सकती है। चीनियों ने भारतीय सैनिकों पर दनादन फायरिंग शुरू कर दी। चीनी फौज एम.एम.जी. के साथ-साथ मोर्टार फायरिंग भी कर रही थी। ये फायरिंग भारतीय सैनिकों के लिए खतरनाक होती जा रही थी, इसलिए इस पर काबू पाना बहुत जरूरी हो गया था। ये गन अगर लगातार फायर करती रहती तो इसकी आड़ में चीनी सैनिक काफी अंदर तक घुसकर भारतीय चौकियों में भारी पैमाने पर नुकसान पहुँचा सकते थे।

इस कठिन परिस्थिति में गढ़वाल रायफल्स के तीन बहादुर जवानों ने

निश्चय किया कि दुश्मन की एम.एम.जी. को खामोश किया जाए। रायफलमैन जसवंत सिंह, त्रिलोक सिंह और गोपाल सिंह बिना वक्त गँवाए अपने मिशन पर निकल पड़े। दुश्मन ऊँचाई पर थे और सामने की सारी गतिविधियों को आसानी से देख सकते थे। दुश्मन की इस मजबूत स्थिति का इन तीन बहादुरों के हौसले पर कोई असर नहीं पड़ा। गोलियों की बौछार के बीच जसवंत सिंह और गोपाल आगे बढ़ने लगे, त्रिलोक सिंह का काम था, दुश्मन का ध्यान बाँटना। धीरे-धीरे रेंगते हुए जसवंत सिंह दुश्मन की चौकी के बेहद करीब पहुँच गए। जैसे ही उन्होंने एम.एम.जी. पोस्ट पर तीन सैनिकों को देखा फौरन ग्रेनेड फेंक दिया। दो चीनी सैनिक वहीं पर ढेर हो गए। जबकि एक चीनी सैनिक को जसवंत सिंह ने दबोच लिया। तीसरा चीनी सैनिक बुरी तरह से घायल हो गया, लेकिन उसने मौका देखकर जसवंत पर फायर कर दिया। गोली जसवंत के सिर पर लगी और वे वहीं शहीद हो गए। इस बीच गोपाल और त्रिलोक भी पोस्ट पर पहुँच गए। घायल चीनी सैनिक को युद्धबंदी बना लिया गया। जो एम.एम.जी. भारतीय सैनिकों के लिए अब तक काल बनी हुई थी, वह अब भारतीय सैनिकों के कब्जे में थी। जसवंत और उसके साथियों की बहादुरी ने भारतीय सैनिकों को हो सकनेवाले बड़े नुकसान से बचा लिया। दुश्मन की एम.एम.जी. को ब्रिगेड हेडक्वार्टर भिजवा दिया गया। जसंवत सिंह और

रायफलमैन जसवंत सिंह

उनके कमांडिंग अफसर दोनों को इस ऑपरेशन के लिए महावीर चक्र से सम्मानित किया गया। इस लड़ाई के लिए 4 गढ़वाल रायफल्स को नूरानांग युद्ध सम्मान दिया गया।

जसवंत सिंह और उनके साथियों की बहादुरी के किस्से जल्द ही इस घाटी की कथाओं में शामिल हो गए। आज अगर आप नूरानांग के गाँव में जाकर किसी से लड़ाई की ये दास्तान सुनेंगे तो आपको कुछ और ही कहानी मिलेगी। आज जो इस कहानी में पढ़ रहे हैं, वह सेना के रिकॉर्ड और पूर्व अफसरों की बताई गई बातों पर आधारित है, इसलिए यह जरूरी है कि सेना का आधिकारिक वक्तव्य भी दिया जाए। आज नूरानांग में जसवंत सिंह का स्मारक है। जसवंत सिंह अब 'बाबा जसवंत' बन गए हैं। इस स्मारक के अंदर उनका बिस्तर, कपड़े और जूते हैं। चार जवान खासतौर पर उनकी सेवा में आज भी तैनात हैं। जसंवत सिंह को आज भी ड्यूटी पर माना जाता है। उन्हें प्रमोशन मिलता है। कहा जाता है कि जसंवत सिंह आज भी सरहदों की रखवाली कर रहे हैं। उनके जूते पॉलिश करनेवाले जवानों का कहना है कि कई बार पॉलिश किए हुए जूतों में कीचड़ लगा हुआ मिलता है, बिस्तर की चादर पर सिलवटें होती हैं, ऐसा लगता है कि कोई रात को इस बिस्तर पर सोया है। जसवंतगढ़ से गुजरनेवाले सिपाही से लेकर जनरल तक स्मारक पर सेल्यूट किए बिना आगे नहीं बढ़ते।

इस लड़ाई के बारे में सेना ने आधिकारिक तौर पर जो कहा है, उसे स्मारक में लगे एक शिलापट पर उतारा गया है। यह शिलापट कहता है—

4 गढ़वाल रायफल्स के रायफलमैन जसवंत सिंह रावत, महावीर चक्र के साथ लांस नायक त्रिलोक सिंह नेगी और रायफलमैन गोपाल सिंह गुसाईं ने 17 नवंबर, 1962 को दुश्मन की उस एम.एम.जी. को खामोश कर दिया, जो उनकी पोस्ट पर बेहद नजदीक से फायर कर रही थी। इसी दिन 4 गढ़वाल रायफल्स ने दुश्मन के दो हमलों को नाकाम कर दिया। जसवंत सिंह रावत और गोपाल गुसाईं को त्रिलोक सिंह कवर फायर दे रहे थे, जसवंत और गोपाल अपनी जान की परवाह न करते हुए सटीक रणनीति

बनाकर दुश्मन के बेहद करीब पहुँच गए। नजदीक पहुँचकर दुश्मन की एम.एम.जी. पर ग्रेनेड फेंक दिया, इस धमाके में दुश्मन की बंदूक तो खामोश हुई ही उनके पाँच सिपाही भी मारे गए। वापसी में जसवंत रावत और त्रिलोक नेगी दुश्मन के हमले में शहीद हो गए, जबकि गंभीर रूप से घायल गोपाल गुसाईं दुश्मन के जब्त किए हुए हथियारों के साथ वापस आ गए। इस पूरे ऑपरेशन में 300 चीनी सैनिक मारे गए, जबकि गढ़वाल रायफल्स ने अपने दो जवानों को खोया और 8 घायल हुए।

इस लड़ाई के लिए गढ़वाल रायफल्स को 'नूरानांग युद्ध सम्मान' दिया गया। 1962 की भारत-चीन लड़ाई में युद्ध सम्मान लेनेवाली गढ़वाल रायफल्स एकमात्र रेजीमेंट है।

जसवंत सिंह रावत के बारे में ये जानना भी जरूरी है। यह वह कहानी है जो नूरानांग की वादियों में गूँजती है, इसे वहाँ रहनेवाले लोग जानते हैं और हर वह फौजी इस कहानी को जानता है, जो जसवंतगढ़ से गुजरता है।

सेला और नूरा नाम की दो सुंदर अरुणाचली लड़कियाँ इस कहानी में बड़ा किरदार निभाती हैं। स्थानीय कहानियों में प्रचलित है कि जसवंत सिंह

बाबा जसवंत स्मारक

रावत के गठीले बदन और रोबदार व्यक्तित्व से सेला और नूरा उनसे प्यार करने लगीं। दोनों बहनों ने जब जसवंत को शादी का प्रस्ताव दिया तो उन्होंने यह कहते हुए इनकार कर दिया कि वे पहले से शादीशुदा हैं। कहते हैं कि नूरा और सेला जसवंत की दूसरी और तीसरी पत्नी बनकर रहने को तैयार थीं। दोनों बहनें जसवंत की खूब देखभाल करतीं, अपने घर से ताजा खाना बनाकर लातीं और इस इंतजार में थीं कि कब जसवंत उनके प्यार के प्रस्ताव पर हामी भरें।

इस बीच लड़ाई शुरू हो गई। नूरानांग में तैनात जवानों को पीछे हटने का हुक्म सुनाया गया। बाकी जवानों ने हुक्म माना और पोस्ट छोड़कर पीछे हट गए, लेकिन जसवंत सिंह ने देखा कि चीनी सैनिक भारी तादात में आ रहे हैं और वे इस पूरी वादी पर कब्जा कर लेंगे। जसवंत ने पोस्ट छोड़ने से इनकार कर दिया।

अब सैकड़ों चीनियों को रोकने के लिए जसवंत ने अद्भुत प्लान बनाया, उन्होंने ऊँचाईवाली अलग-अलग जगहों पर बंदूकें तैनात कीं और वहाँ से इस तरह से फायरिंग शुरू की कि दुश्मन यह अंदाजा ही नहीं लगा पाए कि ऊपर कितने भारतीय सैनिक मौजूद हैं। इस काम में जसवंत का साथ दिया नूरा और सेला ने।

जसवंत ने नूरा और सेला को भी बंदूकें थमा दीं, उन्हें बताया कि किस तरह से फायरिंग में मदद करनी है। दोनों बहनें अपनी जान की परवाह न करते हुए भारत माँ की रक्षा कि लिए मोर्चे पर डट गईं।

चीनी सैनिकों ने जब पहली बार हमला किया तो उन्हें जबरदस्त प्रतिरोध का सामना करना पड़ा। ऊपर से इतना ज्यादा फायर आ रहा था कि चीनी सैनिकों के लिए एक इंच भी आगे बढ़ना मुश्किल हो गया। आखिरकार चीनी सैनिकों को वापस लौटना पड़ा। तीन बार चीनी आक्रमण हुआ और तीनों बार उसे विफल कर दिया गया। जसवंत, सेला और नूरा मोर्चे पर डटे रहे। कहा जाता है कि उन्होंने तीन सौ चीनी सैनिकों को मार गिराया। चौथे हमले से पहले चीनी सैनिकों के कमांडर को कुछ शक हुआ। उसने उस

शख्स को पकड़ा जो जसवंत को राशन की सप्लाई कर रहा था। भारी टॉर्चर के बाद उसने असलियत बता दी। अब चीनी सैनिक जान गए कि पोस्ट पर सैकड़ों भारतीय सैनिक नहीं हैं बल्कि अकेला जसवंत मोर्चा ले रहा है और उसकी मदद दो लड़कियाँ कर रही हैं।

चीनी कमांडर ने एक छोटी टुकड़ी को पीछे से भेजा और उसकी यह चाल कामयाब रही। चीनी सैनिकों ने जसंवत सिंह को घेर लिया। सेला एक ग्रेनेड हमले में शहीद हो गई। नूरा के बारे में कहा जाता है कि चीनी सैनिकों को सामने देखकर उसने दुश्मन के हाथ में पड़ने से बेहतर अपनी जान देना समझा और वह बेहद ऊँचाई वाले पहाड़ से नीचे कूद गई, जबकि कुछ लोगों का कहना है कि नूरा को चीनी सैनिकों ने पकड़ा और उसे इतना टॉर्चर किया कि उसकी जान चली गई।

इधर खुद को दुश्मन से घिरा देखकर जसवंत ने आखिरी गोली अपने सिर पर मार ली, लेकिन कहानी यह भी है कि चीनी सैनिकों ने जसंवत को पकड़ लिया और उसे वहाँ मौजूद टेलीफोन के तार से फाँसी पर लटका दिया। चीनी सैनिक जसंवत सिंह का सिर काटकर अपने साथ ले गए, जबकि उसका धड़ वहीं पड़ा रहा।

इधर लड़ाई खत्म हो चुकी थी, लेकिन जसंवत सिंह का कोई अता-पता भारतीय फौज को नहीं था। जसंवत सिंह के खिलाफ कोर्ट ऑफ इनक्वाइरी शुरू कर दी गई। अब जसवंत का पता कैसे चला इस बारे में भी दो कहानियाँ हैं। पहली कहानी तो यह है कि जो अफसर कोर्ट ऑफ इनक्वाइरी कर रहा था, एक रात उसके सपने में जसवंत सिंह आए और बताया कि उनके बारे में चीनी सैनिकों से पूछा जाए। वहीं दूसरी कहानी यह कहती है कि युद्ध के बाद जब भारतीय और चीनी सैनिकों ने युद्ध बंदियों की अदला बदली की तो उस चीनी कमांडर ने जसवंत सिंह की बहादुरी के बारे में बताया, जिसने उनका सिर काटा था। चीनी सैनिक ने बताया कि किस तरह से अकेले जसवंत सिंह ने उन्हें चार दिन तक रोके रखा और उनके तीन सौ सेनिकों को मार गिराया।

कहा यह भी जाता है कि चीनी सैनिकों ने सम्मान के साथ जसवंत सिंह का सिर लौटाया, जिसके बाद उनका अंतिम संस्कार किया गया।

जिस जगह जसवंत सिंह का धड़ गिरा, वहाँ पर आज उनका स्मारक बना हुआ है।

भारतीय फौज और स्थानीय नागरिक ये मानते हैं कि बाबा जसवंत आज भी इस इलाके की रखवाली कर रहे हैं और उनके होते कोई दुश्मन अंदर नहीं घुस सकता।

□

6

लाहौर की वह नहर पाकिस्तानियों के खून से लाल हो गई—1965

1965 में भारत और पाकिस्तान के बीच लड़ी गई लड़ाई में इच्छोगिल की कहानी भारतीय सैनिकों के ओज और बलिदान से भरी पड़ी है। दो दिन की इस लड़ाई ने न केवल भारतीय सैनिकों को निर्णायक बढ़त दिलाई, बल्कि पाकिस्तान के कायर सैनिकों को पीठ दिखाकर भागने पर मजबूर कर दिया। एक बड़ी नहर को कब्जे में लेकर भारतीय सैनिकों ने पाकिस्तान की रणनीति को ध्वस्त कर दिया।

इच्छोगिल कैनाल को बॉण्बीनवाला रावी-बेडियान लिंक कैनाल भी कहते हैं। यह नहर लाहौर के पास से 8 किलोमीटर तक पाकिस्तान के अंदर तक जाती है। 122 फीट चौड़ी और 30 फीट गहरी इस नहर को पाकिस्तान सामरिक तौर पर अपनी ढाल समझता है। पाकिस्तान ने दुश्मन को रोकने के लिए इस नहर को मजबूती से तैयार किया था।

लड़ाई के पहले दिन 6 सितंबर को ही जाट रेजीमेंट की तीसरी बटालियन ने अदम्य साहह और शौर्य के साथ पाकिस्तानी सैनिकों को इस नहर से खदेड़ दिया था, लेकिन फिर रणनीति के तहत उन्हें पीछे हटना पड़ा। जाट रेजीमेंट के आक्रमण से पाकिस्तान चौंक गया था। उसने इस हमले का जवाब देने के लिए अपने लड़ाकू जहाज से लेकर टैंक तक मैदान में उतार दिए। रणनीति के तहत 3 जाट को वहाँ से पीछे हटने का आदेश हुआ और सैनिक शाम पाँच बजे तक घोशाल डाल गाँव पर लौट आए।

पाकिस्तान सकते में आ चुका था। उसने इच्छोगिल नहर के पूर्वी हिस्से में अपनी सेना की दो कंपनियों को तैनात कर दिया, लेकिन भारतीय सेना की मद्रास रेजीमेंट की 9वीं बटालियन को इसे कब्जे में लेने के लिए दो दिन भी नहीं लगे। दो दिन यह बताने के लिए काफी थे कि पाकिस्तानी फौज भारतीय आक्रमण के सामने कभी नहीं टिक सकती।

इच्छोगिल नहर के पूर्वी हिस्से से पाकिस्तानी सैनिकों को खदेड़ने का लक्ष्य मिलने के कुछ ही घंटों में इस पर कार्रवाई भी शुरू हो गई। 22 सितंबर को मद्रास रेजीमेंट की 9वीं बटालियन के बहादुर जवानों ने लेफ्टिनेंट कर्नल बी के सत्यन के नेतृत्व में अभियान शुरू किया और 23 सितंबर तक पाकिस्तानी सैनिक पीठ दिखाकर भाग चुके थे।

बटालिन के पास जवानों की तीन कंपनियाँ थीं। डी कंपनी को केजी हट तक नहर पर कब्जा करने का आदेश मिला, सी को केजी से नहर के बीचोबीच और बी कपंनी को आखिर तक के हिस्से पर कब्जा करना था। आर्टिलरी और मोर्टार के मुँह खोल दिए गए। पास में ही बारका कलां गाँव में भारतीय टैंकों ने पोजीशन सँभाल ली। टैंकों ने दुश्मन पर गोले बरसाने शुरू कर दिए। अब भारतीय सेना धीरे-धीरे आगे बढ़ने लगी। बी और डी कंपनी तो अपने लक्ष्य तक पहुँच गई, लेकिन नहर के बीचोंबीच पाकिस्तानी घेरा

इच्छोगिल नहर के किनारे सेनाध्यक्ष जनरल चौधरी

मजबूत था। जैसे ही सी कंपनी लक्ष्य की ओर बढ़ी वह दुश्मन के सीधे निशाने पर आ गई। सी कंपनी के आधे जवान गोलियाँ लगने से घायल हो गए, कंपनी कमांडर मेजर धरमपाल को भी गोली लग गई।

तभी इसी कंपनी का एक नौजवान अफसर उनियाल आगे बढ़ा। अपनी प्लाटून के इस बहादुर सिपाही ने अपनी स्टेनगन के आगे खंजर लगा लिया। उत्तराखंड के टिहरी गढ़वाल का रहनेवाला उनियाल अपने साथियों के साथ रेंगता हुआ नहर के पुश्ते की ओर बढ़ा। दुश्मन अब बस 200 गज की दूरी पर थे। अचानक दुश्मन की एम.एम.जी. और एल.एम.जी. उनियाल की प्लाटून पर गोलियाँ बरसाने लगीं। उनियाल को पता था कि दुश्मन को खदेड़ने के लिए उसे यहाँ से हटाना कितना जरूरी है···वह और नीचे झुक गया और रेंगते हुए दुश्मन की ओर बढ़ने लगा। उनियाल का साहस देखकर उसकी प्लाटून के दो सिपाहियों में भी उत्साह का संचार कर दिया और वे दुश्मन की बंदूकों को शांत करने के लिए उनकी तरफ बढ़ने लगे। सिपाही नारायणन और सिपाही भास्करन घास में छिपते-छिपाते आगे बढ़े और बीस मिनट में ही एल.एम.जी. और एम.एम.जी. को खामोश कर दिया। मौका देखते ही उनियाल अपने साथियों के साथ आगे बढ़े और पाकिस्तानी सैनिकों पर धावा

तबाह इच्छोगिल नहर

बोल दिया। गोलियों की जगह अब बंदूकों की संगीनों ने ले लीं। पाकिस्तानी सैनिक और भारतीय सैनिक आमने-सामने की लड़ाई लड़ने लगे। इच्छोगिल नहर का पानी लाल होने लगा। भारतीय सैनिकों ने पाकिस्तानियों को इतनी बुरी तरह से मारा कि वे अपना साजो-सामान छोड़कर भाग खड़े हुए। कई पाकिस्तानी सिपाहियों ने तो मौत के डर से नहर में ही छलाँग लगा दी, लेकिन वे भी बच नहीं पाए, तेज बहाव ने उनकी जीवन लीला समाप्त कर दी। जो बंकरों में बच गए थे, वे सभी या तो गोलियों से मारे गए या फिर भारतीय सैनिकों के बंदूकों की संगीनें उनकी छाती को आर-पार कर चुकी थीं।

पाकिस्तानी सेना का एक अफसर और दस सिपाही हमारे कब्जे में आ चुके थे। मद्राज रेजीमेंट के विजय नाद से इच्छोगिल नहर का पूर्वी इलाका गूँज उठा। रात 3 बजे तक रुक-रुककर फायरिंग की आवाजें आती रहीं। इतनी ज्यादा तादात में लोग घायल हुए कि आर्मी की मेडिकल कोर की एंबुलेंस को सिपाहियों को नर्सिंग स्टेशन तक ले जाने में ही दस चक्कर लगाने पड़ गए। 48 पाकिस्तानी सैनिक मारे गए और अनुमान है कि 80 से ज्यादा दुश्मन सैनिक नहर में बह गए। 23 सितंबर की सुबह जब पाकिस्तानी सैनिकों का कमांडर अपने सैनिकों का शव लेने आया तो उसकी जुबान से एक शब्द नहीं फूटा और वह चुपचाप वहाँ से चला गया।

वीर सिपाही नारायणन और सिपाही भास्कर शहीद हो चुके थे। सिपाही नारायणन ने पाकिस्तान के तीन सैनिकों को एक ही वार में मार डाला, लेकिन अपनी प्लाटून के लिए उनकी एल.एम.जी. की सारी गोलियाँ अपने ऊपर ले लीं। कई सिपाहियों की बंदूकें उनके हाथ में थीं, लेकिन वे शहीद हो चुके थे। उनके सर्वोच्च बलिदान ने इच्छोगिल की लड़ाई को अमर बना दिया।

□

7

जब भारतीय सेना के टैंकों ने दिया 'असल उत्तर'—1965

भारत-पाकिस्तान बॉर्डर पर पंजाब में एक जगह है 'असल उत्तर'। यह मैदान दुनिया में टैंकों की सबसे बड़ी जंग का गवाह बना। 8 सितंबर, 1965 से शुरू हुई असल उत्तर की लड़ाई तीन दिन तक चली और 10 सितंबर को पाकिस्तान की करारी हार के साथ खत्म हुई। यह हार पाकिस्तान के लिए मामूली नहीं थी, पाकिस्तानी टैंकों की बर्बादी ने युद्ध का रुख भारत के पक्ष में मोड़ दिया था। पाकिस्तान ने अपने टैंकों की पूरी ताकत झोंककर युद्ध को निर्णायक मोड़ देने की कोशिश की, लेकिन उसकी यह कोशिश उलटी पड़ गई। खेमकरण से पाँच किलोमीटर दूर असल उत्तर पाकिस्तानी टैंकों का कब्रिस्तान बन गया।

8 सितंबर को पाकिस्तान की 1 आर्मर्ड और 11 आर्मर्ड डिविजन ने अंतरराष्ट्रीय सीमा पार करते हुए भारतीय कस्बे खेमकरन पर कब्जा कर लिया। भारतीय सेना की 4 डिविजन के जीओसी मेजर जनरल गुरबख्श सिंह ने फौरन सेना को पीछे हटने और असल उत्तर के पास दुश्मन को जवाब देने की तैयारी करने का हुक्म दिया। भारतीय सेना ने घोड़े की नाल के आकार का एक फंदा सा बनाया। भारतीय टैंक और जवान असल उत्तर के पास गन्ने के खेतों में इस आकार में मोर्चा जमाकर बैठ गए, जैसे की घोड़े की नाल होती है।

पाकिस्तान तकनीकी रूप से मजबूत स्थिति में था, उसके पास तीसरी

असल उत्तर की ओर बढ़ते टैंक

पीढ़ी के अमेरिकी पैटन टैंक थे, जिन्हें अजेय समझा जाता था। भारत के पास इन पैटन टैंकों का मुकाबला करने के लिए द्वितीय विश्व युद्ध के समय के सेंचुरियन टैंक थे। पैटन टैंक के मुकाबले सेंचुरियन टैंक न तो मजबूत थे और न ही ज्यादा दूरी तक मार कर सकते थे। भारत के पास 135 टैंक थे, जबकि पाकिस्तान 264 टैंकों के साथ आक्रमण करने के लिए मैदान में उतरा था। भारत को इन्हीं सेंचुरियन, शरमन और AMX टैंक से लड़ाई लड़नी थी। इतना ही नहीं भारतीय सेना की पूरी ताकत भी असल उत्तर में नहीं थी, ज्यादातर सेना लाहौर के पास पाकिस्तान के अंदर घुस कर लड़ाई कर रही थी। इसीलिए यह जरूरी था कि पाकिस्तान से मुकाबले के लिए साम, दाम, दंड और भेद इन चारों उपायों का इस्तेमाल किया जाए।

असल उत्तर को दलदल बना दिया

भारतीय सैनिकों ने बड़ी ही कारगर योजना तैयार की। असल उत्तर के पास बहनेवाले नालों को तोड़कर उनका पानी खुले मैदान में बहा दिया। पूरे मैदान में इस तरह से खंदकें खोदी गईं कि दुश्मन आखिर तक उनका पता नहीं

दलदल में फँसे टैंक

लगा सके। टैंकों को बर्बाद कर देनेवाली माइंस और दलदल ने पाकिस्तानी टैंकों की रफ्तार पर ब्रेक लगा दिया। गन्ने के खेतों में भारतीय सैनिक दुश्मन का इंतजार करने लगे।

पाकिस्तानियों को मौत असल उत्तर में खींच लाई

सुबह पाकिस्तान अपने टैंकों के साथ असल उत्तर की तरफ बढ़ने लगा। उसका प्लान था कि वह ग्रांट ट्रंक रोड पर कब्जा करके अमृतसर को अपने कब्जे में ले ले। असल उत्तर देने का वक्त आ गया था। एक तरफ दलदल ने पाकिस्तानी टैंकों की रफ्तार कम की तो वहीं एंटी टैंक माइंस उनके चीथड़े उड़ाने लगे। पाकिस्तानी सेना पर तीन तरफ से हमला होने लगा। खेमकर-भिखीविंड से लेकर अमृतसर रोड तक दुश्मन को पनाह लेने के लिए जगह नहीं मिली। वीर अब्दुल हमीद इसी लड़ाई में शहीद हुए। 8 सितंबर को अब्दुल हमीद ने दो पाकिस्तानी टैंकों को उड़ा दिया। 10 सितंबर को जब फिर से पाकिस्तानी टैंक उनकी पोस्ट की तरफ बढ़ने लगे तो अब्दुल हमीद अपनी आर.सी.एल. जीप पर सवार होकर दुश्मन से मोर्चा लेने निकल पड़े। पाकिस्तानी टैंक दनादन गोले बरसा रहे थे, लेकिन अब्दुल हमीद ने इसकी परवाह नहीं की और फिर दो पाकिस्तानी टैंकों को बर्बाद कर दिया। तीसरे टैंक की नजर अब्दुल हमीद पर पड़ गई, उनके पास जगह बदलने के लिए वक्त नहीं था, इसलिए वहीं से टैंक पर निशाना लगाना शुरू कर दिया। पाकिस्तानी टैंक और अब्दुल हमीद की आर.सी.एल. का गोला एक साथ एक-दूसरे के ऊपर गिरे। पाकिस्तानी टैंक बर्बाद हो गया, अब्दुल हमीद भी

शहीद हो गए। लड़ाई पूरी तरह से भारत के पक्ष में आ चुकी थी, पाकिस्तानी टैंक बर्बाद हो चुके थे। भारत के कुल 10 टैंक नष्ट हुए, जबकि पाकिस्तान को 99 टैंकों का नुकसान झेलना पड़ा।

सटीक रणनीति और अदम्य साहस ने पाकिस्तानी पैटन टैंकों के मान को तो नष्ट किया ही भारत को इस युद्ध मे अजेय बढ़त दिला दी।

□

8

हाजी पीर की मुश्किल लड़ाई और जीत—1965

1965 की लड़ाई के औपचारिक एलान से कुछ दिन पहले लड़ी गई इस लड़ाई ने तय कर दिया था कि विजय का डंका किस ओर बजने वाला था। इस लड़ाई ने बताया था कि सीमित संसाधनों के बावजूद भारतीय सैनिकों का पराक्रम दुनिया की किसी भी फौज से बेहतर है। इस लड़ाई में पाकिस्तानी सैनिक मारे गए और जो बचे थे, वे अपनी आदत के मुताबिक भाग गए।

4 हजार 600 फीट से लेकर 13 हजार फीट की ऊँचाई वाली पीर पंजाल पहाड़ियाँ हिमाचल, कश्मीर और पाकिस्तान के कब्जे वाली जम्मू-कश्मीर तक फैली हैं। हाजी पीर पास पहाड़ों और मैदानों के बीच की कड़ी है, उड़ी और पुंछ के बीच एक ऐसा दर्रा जिसका भारतीय सेना के लिए बड़ा सामरिक महत्त्व है। इस तरह से समझिए कि अगर हाजी पीर दर्रा हमारे पास नहीं होता तो उड़ी से पुंछ की 50 किलोमीटर की दूरी तय करने के लिए हमें 500 किलोमीटर की दूरी तय करनी पड़ती।

अप्रैल 1965 में पाकिस्तान ने जहाँ एक ओर कच्छ में भारतीय चौकियों पर हमला करके उन पर कब्जा कर लिया, ठीक उसी वक्त करगिल को श्रीनगर से अलग करने के लिए साजिश भी शुरू कर दी। पाकिस्तान इस जगह को स्थानीय लोगों के समर्थन के साथ हासिल करना चाहता था। उसने प्लान तो बढ़िया बनाया, लेकिन वे फेल हो गया।

हमेशा की तरह हमारी इंटेलीजेंस फेल हो चुकी थी, लेकिन वहाँ बसे गाँव

हाजी पीर के विजेता

के लोगों को इसकी भनक लग गई और पाकिस्तान आर्मी के दो अफसर भारतीय फौज की पकड़ में आ गए। 8 अगस्त, 1965 को पाकिस्तानी अफसर पकड़े गए, कड़ी पूछताछ में उन्होंने सारे राज खोल दिए, जिसके बाद भारतीय सेना को अलर्ट कर दिया गया।

पाकिस्तानी प्लान का जवाब देने के लिए अब भारतीय सेना का ऑपरेशन जरूरी हो गया था। हाजी पीर पास पर कब्जा करने का जिम्मा 19 इन्फेंट्री डिविजन को दिया गया, वहीं 68 इन्फेंट्री को रिजर्व मे रखा गया। इस ऑपरेशन को कोड दिया गया 'ओ.पी. बख्शी'।

सेना की कई टुकड़ियाँ बनाई गईं और उनको अलग-अलग टारगेट दिए गए। 26 अगस्त को आक्रमण शुरू हुआ। 68 ब्रिगेड की दो टुकड़ियों ने लाइन क्रॉस की, वहीं 1 पैरा के जवान सैंक पर हमला करने का लक्ष्य लेकर आगे बढ़े। सैंक पर पाकिस्तानी चौकी थी, जिसे उन्होंने तार, बाड़ और माइंस से घेरकर मजबूत किया हुआ था। ब्रिगेडियर बख्शी खुद कमान सँभाले हुए थे, भारी बारिश हो रही थी, कठिन चढ़ाई थी, लेकिन सुबह साढ़े चार बजे तक टुकड़ी लक्ष्य पर पहुँच गई। अब बारी पाकिस्तानी सैनिकों के चौंकने की थी।

भारतीय फौजी टुकड़ी के हमले की पाकिस्तानी सैनिकों ने कल्पना भी नहीं की थी, वे अपने भारी हथियार छोड़कर भाग खड़े हुए। कई पाकिस्तानी सैनिक मारे गए। भारतीय फौज ने आक्रमण जारी रखा और 28 अगस्त की सुबह तक कई चौकियों पर कब्जा कर लिया। अब तक की इस लड़ाई मे 21 भारतीय सैनिक घायल हो चुके थे, जबकि पाकिस्तान को भारी नुकसान

हाजी पीर का निरीक्षण करते हुए जनरल चौधरी

हुआ था। 10 पाकिस्तानी सैनिक मारे गए, 40 घायल हुए और 1 को बंदी बना लिया गया।

मेजर रंजीत सिंह दयाल ने हाजी पीर पास पर आगे बढ़ने की इजाजत माँगी, जो उन्हें दे दी गई। 27 अगस्त को दोपहर दो बजे जैसे ही उन्होंने आर्टिलरी के साथ आगे बढ़ना शुरू किया, पश्चिमी हिस्से पर छिपे पाकिस्तानी सैनिकों ने उन पर गोलियों की बौछार कर दी। तभी तेज बारिश हो गई और पूरे इलाके में धुँध छा गई। बारिश में पहाड़ की सीधी चढ़ाई मुश्किल हो जाती है, लेकिन मेजर दयाल ने सबका हौसला बढ़ाया और आगे बढ़ने का फैसला किया। दो दिन तक भारी बारिश के बीच सैनिकों ने चाल धीमी नहीं होने दी। कपड़े भीगे थे, बदन पानी के बोझ से थक चुका था, लेकिन मेजर

युद्ध के मोर्चे पर प्रधानमंत्री लाल बहादुर शास्त्री

दयाल लगातार सबके मन में साहस जगाते रहे और आखिरकार हाजी पास की तलहटी में पहुँच ही गए। तलहटी से सैनिकों ने रास्ता छोड़ दिया और खड़ी चढ़ाई करने का फैसला किया। सारी रात पानी बरसता रहा और भारी साजो-सामान के साथ सैनिक चढ़ाई चढ़ते रहे। सुबह चार बजे सैनिकों की यह टुकड़ी उड़ी-पुंछ रोड पर पहुँच गई। जवानों को बस दो घंटे का आराम दिया गया और फिर आक्रमण के लिए आखिरी चढ़ाई शुरू हो गई। दुश्मन की ओर से भारी फायरिंग शुरू हो गई। मेजर दयाल कुछ सैनिकों के साथ पश्चिम के हिस्से से ऊपर चढ़ने लगे और पीछे से पाकिस्तानी सैनिकों पर धावा बोल दिया। पाकिस्तानी इस आक्रमण के लिए तैयार नहीं थे, वे अपने हथियार और भारी मात्रा में राशन छोड़कर भाग खड़े हुए। 28 अगस्त की सुबह 11 बजे तक भारतीय फौज इस शिखर पर तिरंगा झंडा लहरा चुकी थी। अगले दिन पाकिस्तानी सैनिकों ने जवाबी हमला किया, लेकिन 1 पैरा के जवानों ने उन्हें फिर से भागने पर मजबूर कर दिया। 26 अगस्त को 19 पंजाब ने रात में ऑपरेशन करके पूर्वी हिस्से की एक पोस्ट पर कब्जा तो कर लिया, लेकिन अभी लड़ाई पूरी नहीं हुई थी, आखिरकार 29 अगस्त को कामयाबी मिली और यहाँ भी भारतीय परचम लहराने लगा। 5 सितंबर को 4 राजपूत ने

उत्तरी हिस्से पर कब्जा कर लिया, लेकिन पाकिस्तान ने भारी आक्रमण किया और पोस्ट वापस ले ली। आखिरकार 10 सितंबर को 93 इन्फेंट्री ब्रिगेड के साथ लिंकअप हुआ और उत्तरी हिस्से से फिर पाकिस्तानी सैनिकों को खदेड़ दिया गया। 10 सितंबर की रात तक पूरे हाजी पीर पर भारतीय सैनिकों का कब्जा हो गया।

□

9

लोंगेवाला को पाकिस्तान की कब्रगाह बना दिया—1971

1971 में भारत और पाकिस्तान की बीच चली लड़ाई महज 13 दिनों में ही खत्म हो गई। 3 दिसंबर को शाम साढ़े पाँच बजे पाकिस्तान ने हमला किया और 16 दिसंबर को शाम साढ़े चार बजे पाकिस्तानी सैनिकों ने सरेंडर कर दिया। यह दुनिया के इतिहास में सबसे कम दिनों तक चलने

जीत के बाद लोंगेवाला में भारतीय फौज

वाली लड़ाई है। केवल कम दिनों तक चलने वाली ही नहीं, बल्कि सबसे निर्णायक लड़ाई भी है।

3 दिसंबर को पाकिस्तान ने ऑपरेशन चंगेजी चलाकर भारत पर ताबड़तोड़ हवाई हमले शुरू कर दिए। पाकिस्तानी एयरफोर्स ने भारत के अंदर तक घुसकर हवाई हमले किए। भारतीय सेनाएँ अचानक हुए इस हमले से भौचक्की रह गईं। रात 9 बजे तक भारत की तत्कालीन प्रधानमंत्री इंदिरा गांधी ने आपातकाल की घोषणा कर दी। अब बारी भारत के जवाब देने की थी। भारतीय एयरफोर्स जवाब देने की तैयारी कर ही रही थी कि पाकिस्तान के एक और कदम ने भारतीय थलसेना को हैरत में डाल दिया।

पाकिस्तान का हैरान कर देनेवाला यह कदम था, लोंगेवाला की चौकी पर बड़े पैमाने पर हमला। पश्चिम की सीमा पर पाकिस्तान ने यहीं से आक्रमण का मुँह खोला। 2000 जवान, 45 टैंक और 1 मोबाइल इन्फ्रेंट्री ब्रिगेड लोंगेवाला को रौंद कर दिल्ली की तरफ कूच करने के लक्ष्य से आगे बढ़ने लगी।

दूसरी तरफ लोंगेवाला की पोस्ट पर भारतीय सेना के मात्र 120 जवान तैनात थे, उनके पास केवल 1 आर.सी.एल. थी। रात होने की वजह से हवाई मदद नहीं मिल सकती थी। हालात विपरीत थे। लोंगेवाला में पंजाब रेजीमेंट की 23वीं बटालियन के 120 जवानों के कमांडिंग ऑफिसर मेजर कुलदीप सिंह चाँदपुरी के ऊपर आखिरी फैसला छोड़ दिया गया था। आर्मी हेडक्वार्टर ने उनको दो विकल्प दिए। पहला विकल्प था, मदद पहुँचने तक पोस्ट पर कब्जा जमाए रखो और दूसरा विकल्प था, पोस्ट खाली कर दो और पीछे हट जाओ।

भारत माँ के सपूत मेजर कुलदीप सिंह चाँदपुरी ने पीछे हटने के विकल्प को खारिज करते हुए अपनी पोस्ट पर डटे रहने का फैसला किया। अपने गिने-चुने संसाधनों की मदद से मेजर ने पाकिस्तान के लिए ऐसा जाल बुना, जिससे दुश्मन के किए-कराए पर न केवल पानी फिरा, बल्कि 1971 की लड़ाई में इस हार ने पाकिस्तानी सैनिकों का मनोबल तोड़ दिया।

1971 की लड़ाई में भारतीय सेना पूर्वी सीमाओं पर तैयारी कर रही थी। नवंबर के आखिरी हफ्ते में पाकिस्तानी चौकियों और संचार सेवाओं पर छिटपुट हमले शुरू हो गए। मुक्ति वाहिनी ने भी पाकिस्तानी सैनिकों पर आक्रमण तेज कर दिए। पाकिस्तान भाँप चुका था कि अब लड़ाई के अलावा दूसरा विकल्प नहीं है। पाकिस्तान यह भी जानता था कि लड़ाई लंबी चली तो उसे इसकी भारी कीमत चुकनी पड़ सकती है। पाकिस्तान के राष्ट्रपति याह्या खान ने पाकिस्तान की इज्जत बचाने के लिए पश्चिमी सीमाओं पर भारत को घेरने की रणनीति बनाई।

बॉर्डर से सटे रहीम यार खान बेस को सेंटर बनाकर भारत पर हमले की रणनीत बनाई गई। पाकिस्तान को यह एहसास था कि अगर भारत ने पहले हमला कर दिया और रहीम यार खान बेस पर उसका कब्जा हो गया तो कराची को जानेवाली रेल लाइन भी उसके कब्जे में आ जाएगी। रेल लाइन भारत के कब्जे में आ जाती तो सिंध में पाकिस्तानी सैनिकों के लिए की जानेवाली सप्लाई बंद हो जाती और पाकिस्तान शुरू होने से पहले ही यह लड़ाई हार जाता।

लोंगेवाला में सिपाहियों का जश्न

पंजाब से सटे बॉर्डर एरिया में पाकिस्तानी गुप्तचरों का अच्छा-खासा जाल था। इस इलाके से पाकिस्तान को वे सभी जानकरियाँ मिल जाया करती थीं, जो उसे आक्रमण के लिए चाहिए थीं, हालाँकि लोंगेवाला के बारे में पाकिस्तान पूरी सूचना नहीं जुटा पाया। पाकिस्तानी खुफिया एजेंसियाँ यह भी पता नहीं लगा पाईं कि लोंगेवाला की जिस पोस्ट पर बी.एस.एफ. तैनात रहती है, वहाँ पर अब 23 पंजाब के जवान तैनात हो चुके हैं।

पाकिस्तान लोंगेवाला को बेस बनाकर जैसलमेर पर कब्जा करने की योजना बना रहा था। उसने अपनी सेना की टुकड़ियों को इस तरह से बाँट दिया कि लोंगेवाला पर कब्जे के बाद दूसरी टुकड़ियाँ जैसलमेर के लिए कूच कर सकें। पाकिस्तानी सेना लोंगेवाला, रामगढ़ और जैसलमेर पर कब्जा करके उस महत्त्वपूर्ण हिस्से व सड़कों पर अपना अधिकार चाहती थीं, जो भारतीय सेना की सप्लाई चेन होती हैं। इन्हीं सड़कों के जरिए भारतीय सैनिकों की आवाजाही और साजो-सामान पहुँचाया जाता है।

लोंगेवाला में पंजाब रेजीमेंट की 23वीं बटालियन की ए कंपनी तैनात थी। यह टुकड़ी जहाँ तैनात थी वह पोस्ट थोड़ी ऊँचाई पर थी। पोस्ट के चारों तरफ कँटीले तारों की बाड लगी थी, जिससे पाकिस्तानी अफसर चकमा खा गए थे। दूसरी टुकड़ी लोंगेवाला से 17 किलोमीटर दूर साधेवाला में थी। हथियारों के नाम पर एम.एम.जी., L-16 81mm मोर्टार और एक जीप थी, जिस पर तोप लगी थी। 23वीं बटालियन की इस टुकड़ी के साथ बी.एस.एफ. के चार सिपाहियों का एक ऊँट सवार दस्ता भी था।

3 दिसंबर को जैसे ही पाकिस्तानी लड़ाकू जहाजों ने हमला किया उसी वक्त लोंगेवाल की पोस्ट पर तैनात मेजर कुलदीप सिंह चाँदपुरी ने लेफ्टिनेंट धरमवीर के नेतृत्व में 20 जवानों की एक पेट्रोल टीम बॉर्डर पिलर पर भेज दी। इसी पेट्रोलिंग पार्टी ने कुछ ही घंटों के बाद यह पता लगा लिया कि पाकिस्तान एक बड़ी फौज के साथ लोंगेवाला की ओर बढ़ रहा है।

4 दिसंबर की वह रात करीब आ रही थी, जब भारत और पाकिस्तान के बीच यह ऐतिहासिक लड़ाई लड़ी जानी थी। 4 दिसंबर की देर शाम को

लेफ्टिनेंट धरमवीर की पेट्रोलिंग पार्टी ने पाकिस्तान की ओर से भारी गाड़ियों की आवाजें सुनीं, जल्द ही यह पुख्ता हो गया कि पाकिस्तान हमले के लिए आ रहा है।

आर्मी के एयर ऑब्जर्वेशन एयरक्राफ्ट ने भी यह देख लिया था कि बीस किलोमीटर लंबा गाड़ियों का काफिला लोंगेवाला की ओर बढ़ रहा है। मेजर कुलदीप सिंह चाँदपुरी ने लेफ्टिनेंट धरमवीर को निर्देश दिया कि वह पाकिस्तानी हथियारबंद गाड़ियों का पीछा करते रहें और पल-पल की सूचना देते रहें।

पाकिस्तानी आर्टिलरी ने गोले बरसने शुरू कर दिए। बी.एस.एफ. के पाँच ऊँट मारे गए। पाकिस्तान के टैंक और सिपाही सीधे लोंगेवाला की तरफ बढ़ने लगे, आर्टिलरी की फायरिंग और दबाव बढ़ाने लगी।

इस बीच मेजर चाँदपुरी ने हेडक्वार्टर से संपर्क किया और मदद माँगी। हेडक्वार्टर ने साफ कर दिया कि या तो वे पोस्ट पर पाकिस्तानी आक्रमण का सामना करें या फिर पोस्ट खाली करके रामगढ़ आ जाएँ। लोंगेवाला में तैनात टुकड़ी की मदद अगले 6 घंटे तक नहीं की जा सकती थी। हेडक्वार्टर इस बात को जानता था कि लोंगेवाला में तैनात टुकड़ी के पास पीछे हटने के लिए गाड़ियाँ भी मौजूद नहीं हैं, इसलिए यह तय किया गया कि पोस्ट पर जो इंतजाम हैं, उन्हीं के बूते लड़ाई लड़ी जाए और जब तक हो सकता है, पाकिस्तानी आक्रमण को रोका जाए, क्योंकि सैनिकों की पैदल वापसी में बड़ा जोखिम हो सकता था। आखिरी फैसला मेजर कुलदीप सिंह चाँदपुरी पर छोड़ दिया गया।

पाकिस्तानी सेना ने रात साढ़े बारह बजे हमला बोल दिया। इससे पहले की पाकिस्तान के 65 टैंक लोंगेवाला की पोस्ट को घेरते, भारतीय सैनिकों ने चारों तरफ एंटी टैंक माइंस बिछा दीं। भारतीय पोस्ट से तब तक फायरिंग नहीं कि गई, जब तक पाकिस्तानी टैंक 15 से 30 मीटर तक नहीं आ गए। तभी भारतीय जवानों ने नजदीक से एटीं टैंक गन से निशाना साधकर पाकिस्तानी टैंकों को बर्बाद करना शुरू कर दिया। आर.सी.एल. ने दो टैंकों को उड़ा

दिया। आर.सी.एल. को ऊँचाई का फायदा मिला और इसने दुश्मन के खेमे में दहशत पैदा कर दी। एंटी टैंक माइंस ने भी अपना काम किया और पाकिस्तनी टैंकों के परखच्चे उड़ गए। इस हमले से पाकिस्तानी सेना के अफसर सकते में आ गए, उन्होंने अपने सैनकों को आदेश दिया कि तार बाड़ के आगे कोई नहीं जाएगा। पाकिस्तानी अफसर धोखा खा चुके थे, उन्हें लगा कि भारतीय सैनिकों ने इस जगह पर माइंस बिछाई हैं। भारतीय सेना की आर.सी.एल. ने जिन टैंकों को उड़ाया था, उनका डीजल जलने लगा तो पूरे इलाके में रोशनी फैल गई। ऊँचाई पर मोर्चा सँभाले भारतीय सैनिकों के लिए दुश्मन को देखना आसान हो गया। पाकिस्तानी हमलावर दस्ता अपने साथ ज्यादा तेल इसलिए लाया था, ताकि वे जैसलमेर तक बिना रुके कूच कर सके, लेकिन वही जलता हुआ, डीजल अब उनकी चिता बन रहा था। डीजल के जलने से रोशनी तो हुई ही इतना गाढ़ा धुआँ भी उठने लगा कि पाकिस्तानी सैनिक खुद ही परेशान हो गए। दोनों तरफ से गोलियों की बौछार शुरू हो गई।

पाकिस्तानी सेना के अफसरों को यह पता लगाने में दो घंटे लग गए कि पोस्ट के पास कोई माइंस नहीं बिछी हैं। पाकिस्तानी सैनिकों ने अब दूसरी तरफ से पोस्ट को घेरने का इरादा किया, लेकिन उनके टैंक और दूसरी बख्तरबंद गाड़ियाँ रेत में फँसने लगीं। पाकिस्तानी हमलावर दस्ता अपने ही जाल में फँसने लगा।

हालाँकि पाकिस्तानी सैनिकों ने लोंगेवाला की पोस्ट को पूरी तरह से

लोंगेवाला में बर्बाद पाकिस्तानी टैंक

घेर लिया, लेकिन चाँदनी रात में उनके लिए आगे बढ़ना मुश्किल होता जा रहा था। भारतीय सैनिक मोर्टार और रायफल से फायरिंग करते जा रहे थे, जिससे पाकिस्तानी सैनिकों के पैर जम गए और भारतीय सैनिकों का हौसला बढ़ गया।

इसके बावजूद पाकिस्तान की ओर से पोस्ट पर टैंकों से गोले दागे जाते रहे। दूसरे हथियारों से भी पाकिस्तानी सैनिक पोस्ट को निशाना बनाते रहे। दाद दीजिए उन बहादुर हिंदुस्तानी सिपाहियों को जो इतने बड़े आक्रमण के सामने न केवल डटे रहे, बल्कि उन्हें उलझाकर रख दिया।

पाकिस्तान ने रात साढ़े बारह बजे से लेकर सुबह तक का वक्त जाया कर दिया। अब लड़ाई का पासा पलटनेवाला था। सुबह हो चुकी थी और भारतीय एयरफोर्स अपने मिशन पर निकल गई।

सुबह की रोशनी में जैसे ही पाकिस्तानी सैनिक लोंगेवाला की पोस्ट के नजदीक आए भारतीय एयर फोर्स के 'हंटर' और 'मारुत' लड़ाकू जहाजों ने उनके ऊपर बम बरसाने शुरू कर दिए। खुले मैदान में पाकिस्तानियों के पास बचकर जाने का कोई रास्ता नहीं था। पाकिस्तानी टैंकों के परखच्चे उड़ने लगे। पाकिस्तानी सैनिक वापस भागने लगे। दोपहर होते-होते पाकिस्तानी सेना की 100 से ज्यादा गाड़ियाँ बर्बाद हो गईं। हवाइ हमले में 22 पाक टैंक बर्बाद हो गए। 12 टैंक इन्फेंट्री बर्बाद कर चुकी थी। इस बीच कैवलेरी के टैंक और 17 राजपुताना रायफल के जवाबी आक्रमण ने पाकिस्तानी हमले की रही सही ताकत को भी खत्म कर दिया।

लोंगेवाला की इस लड़ाई ने जहाँ पाकिस्तानी रणनीतिकारों को अंदर तक तोड़ कर रख दिया, वहीं लड़ाई के तीसरे दिन इतनी बड़ी जीत से भारतीय सेना के हौसलों को आसमान मिल गया।

कुल मिलाकर भारी रणनीतिक विफलता की वजह से पाकिस्तानी सैनिकों को सजा भी मिली, वहीं पंजाब रेजीमेंट की 23वीं बटालियन के कमांडिंग ऑफिसर मेजर कुलदीप सिंह चाँदपुरी को महावीर चक्र से सम्मानित किया गया। यह लड़ाई दुनिया भर के लिए कौतूहल बन गई। कई लेखकों ने हालात

को जानने के लिए खुद लोंगेवाला का दौरा किया। यहाँ तक कि ब्रिटिश आर्मी के चीफ लोंगेवाला आए और मेजर चाँदपुरी से पूछते रहे कि आखिर आपको और आपके सैनिकों के अंदर पूरी रात पाकिस्तानी अजेय टैंकों का सामना करने का हौसला कहाँ से आया।

□

10

बाउंड्री पिलर 638 पर दुश्मन को दिन दहाड़े मारा—1971

बाउड्रीं पिलर 638 का युद्ध

यह कहानी 13 कुमाऊँ की बहादुरी की है, जिसे दुनिया ज्यादा नहीं जान पाई। सैनिकों की छोटी सी टुकड़ी ने 50 से ज्यादा पाकिस्तानी सैनिकों को न केवल मार गिराया, बल्कि उनके हथियारों के जखीरे पर भी कब्जा कर लिया। अदम्य साहस और शौर्य की यह लड़ाई 9 दिसंबर, 1971 को लोंगेवाला से थोड़ी ही दूरी पर चोलिस्तान में लड़ी गई। दिन की रोशनी में लड़ी गई इस लड़ाई की कहानी रोंगटे खड़े कर देती है।

1971 का भारत-बांग्लादेश युद्ध, इसे बांग्लादेश की आजादी की लड़ाई भी कहते हैं। 3 दिसंबर, 1971 को पाकिस्तान ने ऑपरेशन चंगेजी चलाकर भारत पर बड़ा हवाई हमला किया। भारत के 11 एयरबेस पर पाकिस्तान ने बम बरसाए। हालाँकि युद्ध का पूरा केंद्र भारत की पूर्वी सीमा पर बना हुआ था, लेकिन लोंगेवाला में पाकिस्तान के दुस्साहस ने पाकिस्तान से सटी सीमाओं पर सेना को सतर्क कर दिया। पाकिस्तान ने लोंगेवाला पर मुँह की खाई, लेकिन वह इसका बदला लेने की तैयारी करता रहा।

थार रेगिस्तान का चोलिस्तान

जैसलमेर के पास इस इलाके में हर रोज नई जगह बन जाती है। रेत उड़ती है और फिर 500 फीट तक ऊँचे टीले बनते रहते हैं। बहती हवा के

बाउंड्री पिलर 638

साथ टीले भी बहते हैं, एक जगह से दूसरी जगह। हर तरफ सिर्फ रेत-ही-रेत दिखाई देती है, हरियाली का नाम-ओ-निशान तक नहीं था यहाँ पर। भारत और पाकिस्तान दोनों तरफ से इन जगहों पर सैनिकों का जमावड़ा भी ज्यादा नहीं रहता। दिसंबर 1971 में इतने बड़े इलाके में पाकिस्तान ने 18 डिविजन के साथ कुछ पैरामिलिट्री के जवान तैनात कर रखे थे। भारत की तरफ से दो रेगुलर डिविजन और दो सेक्टर हेडक्वार्टर इस इलाके की सुरक्षा में तैनात रहते थे।

रहीमयार खान पाकिस्तान के लिए सामरिक दृष्टि से बेहद महत्त्वपूर्ण रहा है। जैसलमेर से इसकी दूरी लगभग 170 किलोमीटर और भारतीय सीमा

पर किशनगढ़ से महज 60 किलोमीटर है। कराची-लाहौर रेलवे लाइन जो कि पाकिस्तान का रीढ़ की हड्डी भी है, वह भी इसी इलाके से गुजरती है। भारत की ओर से किसी भी आक्रमण को रोकने के लिए पाकिस्तान ने जैसलमेर की तरफ सैनिकों को बढ़ाना शुरू कर दिया।

बॉर्डर पिलर 638 की लड़ाई

3 दिसंबर से युद्ध शुरू हुआ और 4 दिसंबर को ही पाकिस्तानी आक्रमण को लोंगेवाला में ध्वस्त कर दिया गया। पाकिस्तानी सैनिक तो मारे ही गए उनके टैंक भी बुरी तरह बर्बाद हो चके थे। पाकिस्तानी सैनिक वापस भागने लगे थे, लेकिन भारतीय इलाके से पूरी तरह हटे नहीं थे। यह जरूरी हो गया था कि दुश्मन को अपने इलाके से दूर तक खदेड़ा जाए, भले ही इसके लिए पाकिस्तान के अंदर तक क्यों न घुसना पड़े।

पूरे रेगिस्तान में 13 और 15 कुमाऊँ बटालियन ने 1971 की लड़ाई में हिस्सा लिया। 15 कुमाऊँ गादरा रोड के पास तैनात थी, जबकि 13 कुमाऊँ को जोधपुर से आते वक्त जैसलमेर के उत्तर में मोकाल में तैनात किया गया। 12 इन्फेंट्री के पास जैसलमेर की सुरक्षा का जिम्मा था। 30 इन्फेंट्री को हमला करना था, जबकि 13 कुमाऊँ को आर्मर्ड रेजीमेंट के साथ उनकी ढाल बनकर खड़ा होना था।

4 दिसंबर की रात को जिस वक्त लोंगेवाला पर पाकिस्तानी आक्रमण की खबर आई, उस वक्त बटालियन रामगढ़ में थी। 30 इन्फेंट्री ब्रिगेड को आदेश मिला कि पूरे इलाके को दुश्मन से खाली करवाया जाए। लोंगेवाला में अपने सैनिकों की तबाही देख रहे पाकिस्तान ने उनकी मदद के लिए और साजो-सामान भेजा, लेकिन सैनिक इतने डरे हुए थे कि वे भागते रहे। एडवांस पोस्ट पर हमारे सैनिक 6/7 दिसंबर को भागते हुए पाकिस्तानी सैनिकों को खत्म नहीं कर पाए।

13 कुमाऊँ को आदेश मिला कि पाकिस्तान की सीमा में 17 किलोमीटर तक अंदर घुसकर पाकिस्तानी सैनिकों को खदेड़ दिया जाए। 13 कुमाऊँ को 6 आर्मर्ड ब्रिगेड का साथ मिला। अब लक्ष्य स्पष्ट था, बॉर्डर पिलर 638 को

दुशमनों से खाली करवाना था। बटालियन बॉर्डर से तकरीबन 10 किलोमीटर दूर प्वाइंट 422 पर जमा हुई। सुबह 06:30 बजे बटालियन ने आगे बढ़ना शुरू किया। ठीक 20 मिनट बाद आर्मर्ड डिविजन भी बढ़ चली। सैनिकों को ले जाने का कोई साधन तो था नहीं, इसलिए गोला-बारूद को अपने कंधों पर ढोते हुए सैनिकों ने रेगिस्तान में पैदल मार्च शुरू कर दिया।

ए कंपनी का नेतृत्व कर रहे मेजर बंदोपाध्याय बॉर्डर पिलर की तरफ बढ़ रहे थे कि अचानक दुश्मन ने भारी फायरिंग शुरू कर दी। दुश्मन की फायर पावर जबरदस्त थी, वह 1500 मीटर दूर से ही फायरिंग करने लगा। बॉर्डर पिलर 638 ठीक बीच में था। पाकिस्तानी सैनिक आर्टिलरी, मशीनगन और 75 एम.एम. की रायफल से गोलियाँ बरसाने लगे।

भारतीय जवान को ऊँचाई की आड़ भी मिली हुई थी, मेजर बंदो ने अपनी कंपनी को फैला दिया। 168 फील्ड रेजीमेंट के फॉरवर्ड जवानों ने दुश्मन को उलझाए रखा। लेफ्टिनेंट कर्नल आर.वी. जटार (रघु) कमांडिंग ऑफिसर थे, वे बाद में ब्रिगेडियर बने। कर्नल रघु फौरन ए कंपनी के पास पहुँचे और तय किया गया कि सैनिक लुढ़कते हुए दुश्मन के पास पहुँचेंगे और उन्हें खत्म कर देंगे। डी कंपनी के कमांडिंग ऑफिसर मेजर डी एस शेखावत को हमले का आदेश दिया गया। तब तक कुछ टैंक और 6 इंडिपेंडेंट आर्मर्ड ब्रिगेड मौके पर पहुँच गए और दुश्मन के खेमे पर गोलीबारी शुरू कर दी। डी कंपनी को पहली चौकी पर कब्जा करने का आदेश मिला। दोपहर 2 बजे लड़ाई शुरू हो गई।

दुश्मन की बारूदी सुरंगों और मशीनगन की रेंज से दूर रहने के लिए मेजर शेखू ने लंबा रास्ता लिया। डी कंपनी का लक्ष्य दुश्मन का वह मोर्चा था, जहाँ से एल.एम.जी. फायर आ रहा था और उसे दूसरे मोर्चे पर रखी एम.एम.जी. से मदद मिल रही थी।

इसके बावजूद शेखू दुश्मन की फायरिंग की चपेट में आ गए और उनके पैर में गोली लग गई। घायल होने के बावजूद मेजर शेखावत ने अदम्य साहस और शौर्य का प्रदर्शन किया। मेजर अपने सैनिकों का हौसला बढ़ाते

हुए आक्रमण की अगुवाई करते रहे। इस साहस का नतीजा यह निकला कि 45 मिनट में ही डी कंपनी ने लक्ष्य हासिल कर लिया। मेजर शेखावत और उनके साथियों ने दुश्मन की पोस्ट पर कब्जा कर लिया। भारतीय सैनिकों के हमले से घबराकर पाकिस्तानी सैनिक पहले तो पीछे हटे फिर पीठ दिखाकर भागने लगे। पाकिस्तानी सेना के जूनियर अफसर अपने जवानों का हौसला बरकरार नहीं रख पाए और पोस्ट छोड़कर भाग गए।

लड़ाई के दूसरे चरण में बी कंपनी के कमांडिंग ऑफिसर मेजर चिड्डी ने शाम 5 बजकर 45 मिनट पर आगे बढ़ना शुरू किया। भारतीय सेना के टैंक उनकी मदद कर रहे थे। दुश्मन जीप पर लगी मशीनगन से ताबड़-तोड़ फायरिंग कर रहे थे, जिससे आगे बढ़ने की रफ्तार कम हो रही थी। पाकिस्तानी सैनिकों ने जैसे ही देखा कि भारतीय सैनिक आगे बढ़ रहे हैं वे अल्लाह-ओ-अकबर के नारे और गंदी-गंदी गालियों के साथ धमकियाँ देने लगे। भारतीय सैनिकों ने अपने युद्धघोष से इसका जवाब दिया। भगवान कृष्ण की जय के युद्धघोष के साथ भारतीय सैनिकों ने धावा बोल दिया।

पाकिस्तानी गोलीबारी की परवाह किए बगैर भगवान कृष्ण के वंशज जब अपने युद्धघोष के साथ टूट पड़े तो दुश्मन ज्यादा देर तक खड़ा नहीं रह पाए। पाकिस्तानी सैनिक अपनी पोस्ट छोड़कर भागने लगे। दिन की इस लड़ाई में एक बार फिर भारतीय सैनिक पाकिस्तानी जवानों पर भारी पड़े। टैंकों ने दुश्मन को भारी नुकसान पहुँचाया। मेजर चिड्डी आमने-सामने की लड़ाई

बाउंड्री पिलर 638 के लिए मोर्चाबंदी

लड़ते हुए अपने जवानों के साथ पाकिस्तानी पोस्ट तक पहुँच गए। भारतीय जवानों ने नारों के साथ जीत का सिग्नल दिया। रात घिर आई थी इसलिए यह तय किया गया कि दुश्मन पर अगला हमला सुबह किया जाएगा। दिन की इस लड़ाई में चार जवान शहीद हो गए, दो लापता थे और 35 जवान घायल हो गए। मेजर शेखावत के अलावा दो जे.सी.ओ. भी इस लड़ाई में बुरी तरह घायल हो गए।

अगली सुबह सूरज की लाली बता रही थी कि लड़ाई घमासान होने वाली है। पाकिस्तानी बड़े हमले की आशंका को भाँप चुके थे। सूर्य की पहली किरण के साथ भारतीय सेना आगे बढ़ चली। हवलदार लक्ष्मी नारायण (कालिया) ने एक ही पैंतरे से बाजी पूरी तरह भारतीय खेमे की ओर कर दी। हवलदार लक्ष्मी नारायण आर.सी.एल. तोप पर थे। जैसे ही दुश्मन ने मशीनगन से प्लाटून पर फायरिंग की, हवलदार लक्ष्मी नारायण ने किसी आदेश की प्रतीक्षा किए बिना ही अपनी गन को पोजीशन किया और दुश्मन पर बरस पड़े। दुश्मन इस आक्रमण को झेल नहीं पाए। इस बीच बी कंपनी के हवलदार रामपत बहादुरी से लड़ते हुए शहीद हो गए। दुश्मन पूरी तरह से बर्बाद हो चुके थे। भारतीय सैनिकों के लिए विजयी लम्हा आ चुका था। पाकिस्तानी सैनिक या तो मारे गए या भाग खड़े हुए। भारतीय सेना ने अपना लक्ष्य हासिल कर लिया था, इसलिए आक्रमण रोक दिया गया।

51 पाकिस्तानी सैनिक मारे गए, 3 सैनिकों को बंदी बना लिया गया। पाकिस्तानी जवान भारी मात्रा में गोला-बारूद भी पीछे छोड़ गए थे। 3 रॉकेट लॉञ्चर, 2 इंच के 6 मोर्टार, तीन 106 आर.सी.एल. गन, दो 75 एम.एम. आर.सी.एल. गन, 7 मशीनगन, 24 रायफल, 7 स्टेनगन और 3 रेडियो सेट दुश्मन अपने पीछे छोड़ गए। पाकिस्तानी सेना के लेफ्टिनेंट कर्नल सादिक मोहम्मद मलिक का हैंड बैग 13 कुमाऊँ को ट्रेक के पास पड़ा हुआ मिला।

मेजर शेखावत और हवलदार लक्ष्मी नारायण (कालिया) को सेना मेडल मिला। मेजर शेखावत की कंपनी के कैप्टन बाजवा को वीर चक्र मिला।

यह लड़ाई इतिहास के पन्नों में सही मुकाम नहीं पा सकी। दिन की रोशनी में लड़ी गई इस लड़ाई के दौरान भारतीय सैनिकों के अदम्य साहस और शौर्य की चर्चाएँ नहीं हुईं। कैसे दुश्मन को पाकिस्तान के अंदर तक जाकर खदेड़ा गया इसका जिक्र कहीं नहीं हो पाया।

□

11

बसंतार में पाकिस्तान की छाती को चीर दिया—1971

पश्चिमी भारत के मोर्चे पर बसंतार की लड़ाई पाकिस्तान कभी नहीं भूल सकता। इस लड़ाई को पूरी तरह से दुश्मन की जमीन पर लड़ा गया। पाकिस्तान के लिए यह वह घाव है, जो हमेशा हरा रहेगा। पाकिस्तान यह कभी नहीं भूल पाएगा कि भारत ने उसकी छाती को चीरा और चाकू इतना तेज था कि लहू भी नहीं बहने दिया। यह लड़ाई बर्चस्व की थी, अपना इकबाल बुलंद करने की थी। इस युद्ध में यह जताना था कि भारतीय सेना पाकिस्तानी सेना के मुकाबले साजो-सामान में भले इक्कीस न हो लेकिन सटीक रणनीति और उस पर चुस्ती से अमल करने में उसका कोई सानी नहीं है।

परमवीर चक्र विजेता अरुण खेत्रपाल

बसंतार की लड़ाई 4 दिसंबर, 1971 को शुरू हुई और 16 दिसंबर के दिन उस वक्त खत्म हुई, जब पूर्वी पाकिस्तान बांग्लादेश बन चुका था। इस लड़ाई की साक्षी रावी नदी की कलकल करती धाराएँ तो हैं ही

शंकरगढ़ के वे टीले भी हैं, जो हिंदुस्तानी टैंकों की आवाज से दहल गए थे।

पठानकोट शहर से पाकिस्तान के शंकरगढ़ की दूरी तकरीबन चालीस किलोमीटर है और बॉर्डर से शंकरगढ़ कोई बीस किलोमीटर दूर है। रावी नदी यहाँ हिमाचल से पहले पंजाब में आती है फिर पाकिस्तान की ओर चली जाती है। शंकरगढ़ से साठ किलोमीटर दूर पाकिस्तानी सेना का बड़ा बेस सियालकोट है। सियालकोट से पाकिस्तानी आक्रमण की सूरत में शंकरगढ़ उनके लिए सुरक्षित पनाहगाह हो सकती थी और पाकिस्तानी सेना यहाँ से खुद को और मजबूत कर सकती थी।

पाकिस्तान का प्लान था कि पूर्वी छोर पर जूझ रही भारतीय सेना का ध्यान बाँटने के लिए पश्चिमी छोर पर जंग शुरू की जाए। पाकिस्तानी सेना मंसूबे बाँधकर बैठी थी कि सियालकोट से शंकरगढ़ होते हुए पठानकोट पर हमला किया जाएगा। यह प्लान अगर कामयाब हो जाता तो जम्मू-कश्मीर का बाकी भारत से संपर्क टूट सकता था। जबकि भारतीय फौज शंकरगढ़ पर कब्जा करके पाकिस्तान को वहीं तक बाँध देती, इसके बाद पठानकोट भी सुरक्षित हो जाता।

पाकिस्तान की ताकत इस इलाके में ज्यादा थी। शंकरगढ़ में उसके पास तीन इन्फेंट्री डिविजन, एक आर्मर्ड और आर्टिलरी की मदद मौजूद थी। इसके अलावा पाँच डिविजन रिजर्व में थी, जिसके कमांडर लेफ्टिनेंट जनरल इरशाद हसन खान थे। आक्रमण की स्थिति में पाकिस्तान उस इलाके में जल्द ही दूसरी जगह से फौज बुला सकता था। भारतीय फौज के पास आक्रमण करने के लिए 3 इन्फ्रेंट्री, 2 आर्मर्ड ब्रिगेड, 2 आर्टिलरी ब्रिगेड और एक इंजीनियर्स ब्रिगेड थी।

भारतीय फौज के लिए चुनौती बड़ी थी, सबसे पहले उसे बसंतार नदी पर पुल बनाना था, उसके बाद आक्रमण करना था। इस इलाके में पाकिस्तानी फौज ने जगह-जगह लैंड माइंस बिछाई हुई थी, इसलिए कदम-कदम पर जोखिम था।

युद्ध छिड़ने के साथ ही इस आक्रमण की योजना बनाई जाने लगी।

बसंतार में पाकिस्तानी टैंक के साथ भारतीय जवान

भारतीय सिपाही उन इलाकों पर अपनी स्थिति मजबूत करने लगे, जो आक्रमण के वक्त मददगार हो सकते थे, लेकिन पाकिस्तानी इलाका खतरे से भरा हुआ था, वहाँ हर तरफ बारूदी सुरंगें लगी हुई थीं। 54 इन्फेंट्री और 16 आर्मर्ड ब्रिगेड ने पहले आक्रमण की कमान सँभाली। इंजीनियर्स बारूदी सुरंगों की पहचान करके उनको नष्ट करने लगे, लेकिन कुछ इलाकों में पाकिस्तान ने शातिराना तरीके से माइंस बिछाई थी। भारतीय टैंक और दूसरी गाड़ियाँ धीरे-धीरे आगे बढ़ रही थीं, लेकिन तभी एक टैंक पाकिस्तानी सुरंगों की चपेट में आ गया। इस नुकसान से बेपरवाह 17 पूना हॉर्स के सेकेंड लेफ्टिनेंट अरुण खेत्रपाल अपने तीन टैंकों के साथ दुश्मन के उस इलाके में घुस गए, जहाँ बारूदी सुरंगें बिछी हुई थीं। इन टैंकों ने पाकिस्तान पर कहर बरपा दिया। अब दोनों तरफ से टैंकों की बड़ी लड़ाई शुरू हो गई। पाकिस्तान के टैंकों की धज्जियाँ उड़ने लगीं। अब तक पाकिस्तानी सेना को सँभलने का मौका मिल चुका था। दुश्मन फौज की आर्मर्ड ब्रिगेड मदद के लिए पहुँच गई। भारतीय फौज ने अपना आक्रमण जारी रखा, अरुण खेत्रपाल के पास अब केवल दो टैंक बचे थे, लेकिन उन्होंने हमला जारी रखा और देखते-ही-देखते पाकिस्तान के 10 टैंकों को

बर्बाद कर दिया। इस लड़ाई में सेकेंड लेफ्टिनेंट अरुण खेत्रपाल शहीद हो गए। उन्हें अदम्य साहस और शौर्य के लिए परमवीर चक्र दिया गया।

इस लड़ाई के बाद भारतीय फौज ने न केवल शंकरगढ़ में अपनी पकड़ मजबूत कर ली, बल्कि वहाँ लंबे समय तक टिके रहने के लिए संसाधन भी जुटा लिये। पाकिस्तान के हाथ से शंकरगढ़ निकल चुका था। पठानकोट पर हमला करने का मंसूबा पाले बैठी पाकिस्तानी फौज अब इस जुगत में लग गई कि शंकरगढ़ को वापस कैसे पाया जाए।

पाकिस्तानी फौज इस अपमान को बर्दाश्त नहीं कर पा रही थी। सियालकोट में बैठे फौजी अफसर अब बड़े हमले की तैयारी करने में लग गए। दूसरी तरफ शंकरगढ़ में भारतीय फौज अपने पाँव इतने गहरे तक जमा चुकी थी कि किसी भी आक्रमण से निपटने को तैयार थी।

शंकरगढ़ को वापस पाने के लिए पाकिस्तान ने पाँच बार हमले किए, लेकिन हर बार उसके हाथ केवल नाकामी ही लगी। उसकी फौजें हर बार दुम दबाकर भागती रहीं। आखिरकार 16 दिसंबर को लड़ाई खत्म हुई। बांग्लादेश एक अलग देश के रूप में दुनिया के नक्शे पर उभरा। पाकिस्तानी फौज ने सरेंडर किया और वह समझौते की मेज पर आया।

शंकरगढ़ की लड़ाई भारतीय फौज की इंजीनियर्स, आर्मर्ड, आर्टिलरी और इन्फेंट्री के संयुक्त ऑपरेशन की मिसाल है। दुनिया भर की फौजें इसे युद्ध को कामयाब ऑपरेशन मानती हैं।

□

12

सियाचिन में पाकिस्तान देखता रह गया—1984

दुश्मन को मात देने के कई तरीके होते हैं, हमेशा आक्रमण करके जीत हासिल करना ही अंतिम लक्ष्य नहीं होता, बल्कि दुश्मन की घेराबंदी करके उसे उसके नापाक मंसूबों को हासिल करने से रोकना भी रणनीति का अहम हिस्सा होती है। भारतीय फौज हर तरह की लड़ाई और जीत में अव्वल ही रही है। पाकिस्तान के मंसूबे तो 1948 से ही ध्वस्त किए जाते रहे हैं, लेकिन सियाचिन के ऑपरेशन ने तो उनकी सोचने-समझने की क्षमता पर ही हमला कर दिया। सियाचिन में ऑपरेशन करके भारतीय फौज ने न केवल पाकिस्तान के पर बाँध दिए बल्कि चीन का रास्ता भी बंद कर दिया।

सीमा की पेचीदगियों में न जाते हुए इतना समझ लेना जरूरी है कि सियाचिन पाकिस्तान अधिकृत कश्मीर और चीन अधिकृत अक्साई चिन को छूता है। अक्साई चिन को भारत अपना इलाका मानता है, लेकिन इस पर चीन ने कब्जा किया हुआ है। यही वह जगह है, जहाँ पर पाकिस्तान चीन के सीधे संपर्क में आ सकता था। सियाचिन भविष्य में पाकिस्तान और चीन के खतरनाक मंसूबों को अंजाम देने के लिए आसान जगह बन सकता था। इस जगह पर कब्जे का मतलब होता कि भारत एल.ओ.सी. के पास अपनी गर्दन पाकिस्तान के हवाले कर देता। सियाचिन अगर पाकिस्तान के नियंत्रण में आ जाता तो लेह और हिमाचल के ऊपरी हिस्सों तक चीन की पहुँच आसान हो सकती थी।

भारत के नक्शे पर सियाचिन

सियाचिन दुनिया का वह हिस्सा है, जहाँ पूरे साल बर्फ पड़ती है, तापमान माइनस 50 डिग्री तक पहुँचना आम बात है। यहाँ की हवाएँ इंसान के शरीर को पाँच सेकेंड में जमा सकती है। सियाचिन की चोटियों पर अगर आप एक गिलास से पानी ऊपर की तरफ उछालें तो वह जमीन पर गिरने से पहले जम जाएगा। इसके सामरिक महत्त्व को लेकर भारतीय फौज सतर्क थी। पाकिस्तान भी जानता था कि सियाचिन की चोटियों पर अगर उसके फौजी पहुँच जाएँ तो वह भारत पर बड़ी पहुँच बना लेगा।

1970 के खत्म होने तक भारतीय फौज ने सियाचिन में ऑपरेशन को लेकर कोई गंभीर प्लानिंग नहीं की, लेकिन उकसावे की कार्रवाई पाकिस्तान की तरफ से शुरू हुई। पाकिस्तान अपने इलाके से सियाचिन में पर्यटकों को वीजा देता रहता था, धीरे-धीरे उसने इस इलाके को अपने नक्शे में शामिल करना शुरू कर दिया। दुनिया भर से जो भी टूरिस्ट सियाचिन की चोटियों पर चढ़ने के लिए आते, उनमें से ज्यादातर पाकिस्तान के इलाके से ही शुरुआत

करते थे। पाकिस्तान अब दुनिया को यह दिखाने लगा कि पूरा सियाचिन उसका इलाका है।

1975 के बाद भारतीय सेना ने पाकिस्तान की हरकतों पर नजर रखनी शुरू कर दी। 1965 और 1971 की जंग में बुरी तरह मार खानेवाला पाकिस्तान हार के बाद मिले अपने जख्मों को बदले की मरहम से भरना चाहता था, इसलिए उसने इस बार लंबी प्लानिंग की।

1977 में कुमाऊँ रेजीमेंट के कर्नल नरेंद्र कुमार ने पाकिस्तान के मंसूबे भाँप लिये। कर्नल कुमार हाई एल्टिट्यूड वारफेयर स्कूल के कमांडिंग ऑफिसर थे। उन्होंने पर्वतारोहियों के पास वह नक्शा देखा, जिसमें पाकिस्तान सियाचिन समेत एक बड़े हिस्से को अपना इलाका बता चुका था। इस नक्शे ने पाकिस्तानी मंसूबों की भनक दे दी। फौरन इस नक्शे को हेडक्वार्टर भिजवाया गया। जैसे ही डी.जी.एम.ओ. तक यह बात पहुँची, वहाँ हड़कंप मच गया। सारे पुराने नक्शे और समझौतों को मेज पर रखा गया, एक-एक लाइन को बारीकी से पढ़ा गया, तब जाकर यह एहसास हुआ कि उस वक्त तक तो नक्शे पर लाइनें ही गलत बनी हुई थीं।

3 कुमाऊँ के कर्नल नरेंद्र कुमार ने जो जानकारी दी, उससे साफ हो गया कि पाकिस्तान कोई बड़ी साजिश कर रहा है, इसलिए अब भारत को भी तैयारी करनी थी। किसी विशेष सैनिक अभियान से मामला बढ़ सकता था, इसलिए शुरुआती छानबीन की जिम्मेदारी भी कर्नल कुमार को ही दी गई।

बेहद गुप्त तरीके से ऑपरेशन शुरू हुआ और जल्द ही सियाचिन की ऊँची चोटियों पर भारतीय फौज ने देख लिया कि पाकिस्तानी सैनिकों की कोई आवाजाही नहीं है। इस अभियान का फायदा यह हुआ कि अब भारत के पास सियाचिन के चप्पे-चप्पे के बारे में सबसे सटीक जानकारी थी और कोई रणनीति बनाने के लिए यह बेहद जरूरी था।

इसी ऑपरेशन के दौरान टीम को एयर सपोर्ट भी मिलता रहा, हेलिकॉप्टर से राशन और दूसरी जरूरी चीजों की सप्लाई की जाती रही। 6 अक्तूबर,

1978 को पहली बार भारत का सैनिक हेलिकॉप्टर चीता सियाचिन ग्लेशियर में उतरा।

भले ही इस खोजी दल को वहाँ इंसानी मौजूदगी को सबूत नहीं मिले, लेकिन इतना साफ हो गया कि पाकिस्तान दुनिया की नजरों में यह साबित करने में जुटा हुआ है कि सियाचिन पर उसका कब्जा है। पाकिस्तान ज्यादा-से-ज्यादा पर्वतारोहियों को सिचाचिन के लिए परमिट जारी कर रहा था।

कर्नल नरेंद्र कुमार ने सलाह दी कि भारत अपनी तरफ से सियाचिन के रास्ते विदेशी पर्यटकों के लिए खोल दे और इस इलाके में सैनिक गतिविधियाँ बढ़ा दी जाएँ। सामरिक रणनीतिकारों के मुताबिक 1981 में एक बार फिर भारतीय फौज ने अपना खोजी दल भेजा, इसे भी गुप्त रखा गया था। यहाँ तक की आर्मी चीफ के अलावा कुछ ही लोगों को इसकी जानकारी दी गई थी।

इसके बाद भी कुछ ऑपरेशन हुए, अब दोनों देश एक-दूसरे की हरकतों को जान चुके थे। भारतीय फौज जानती थी कि कराची और शिमला समझौते के मुताबिक उन्हें सियाचिन का अधिकार मिला है और इसे पाकिस्तान के पास नहीं जाने देना है। दोनों देश चुप थे, कोई हरकत नहीं थी, लेकिन दोनों ही चाहते थे कि सियाचिन उनके नियंत्रण से बाहर न जाए। इस बीच पाकिस्तान की हरकतें बढ़ने लगीं और भारतीय फौज ने खुद को तैयार करना शुरू कर दिया। अब वह लड़ाई शुरू होनेवाली थी, जो आज तक कहीं नहीं लड़ी गई। ऐसी जंग जो दुनिया में सबसे ऊँची जगह पर लड़ी जानी थी। वह जंग जहाँ गोलियों की रफ्तार से ज्यादा बर्फीली हवाएँ चलती थीं। वहाँ इंसान गोलियों से कम मौसम की मार से ज्यादा मरता था।

1984 में पाकिस्तान ने जापानी पर्वतारोहियों को उन चोटियों पर चढ़ने की इजाजत दे दी जो भारत के लिए सामरिक तौर पर खतरनाक हो सकती थीं। इसके बाद पाकिस्तान की मंशा साफ हो गई और भारत के लिए यह जरूरी हो गया कि वह ठोस कदम उठाए। इस ऑपरेशन के लिए लंबी तैयारी की जरूरत थी, जबकि भारतीय फौज के पास वक्त नहीं था।

1982 में भारतीय फौजियों को अंटार्कटिका में ट्रेनिंग प्रोग्राम के लिए

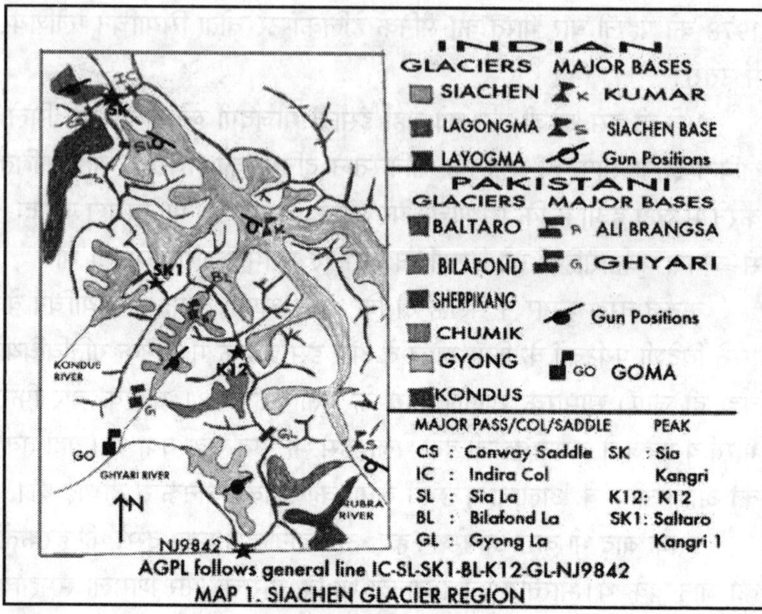

सियाचिन की सामरिक स्थिति

भेजा गया। इन सैनिकों के लिए जहाँ से साजो-सामान आता था, वहाँ का सप्लायर आने वाले वक्त में सियाचिन ऑपरेशन की अहम कड़ी बना। दरअसल 1984 से पहले जो स्थिति थी, उसके मुताबिक सियाचिन पर अपना दावा तो दोनों देश कर रहे थे, लेकिन किसी की फौज वहाँ चौकी बनाकर नहीं बैठी थी। पाकिस्तान ने सोचा कि वह पहले ऑपरेशन शुरू करके इन चोटियों पर कब्जा जमा ले। उसने अपने फौजियों के लिए बर्फीली जगह वाले उपकरण और दूसरा सामान खरीदने का ऑर्डर उसी सप्लायर को दिया, जहाँ से भारत खरीदा करता था। हमारी इंटेलीजेंस यह पता लगाने में कामयाब हो गई कि पाकिस्तान ने करीब 150 जवानों के लिए सामान ऑर्डर किया है। भारतीय एजेंसियों ने उसी वक्त 350 जवानों के हिसाब से सामान ऑर्डर कर दिया और यह भी पुख्ता कर दिया कि पाकिस्तान को समय से इस सामान की आपूर्ति न हो सके।

पाकिस्तान ने अपनी तरफ से प्लानिंग पूरी कर ली थी, पाकिस्तान फौजी

17 अप्रैल, 1984 को सियाचिन की सबसे ऊँची चोटियों पर कब्जा करके भारत को चौंकाने की रणनीति बना रहे थे। एक बार इन चोटियों पर पाकिस्तान का कब्जा हो जाता तो फिर इन चोटियों को वापस पाना तो मुश्किल था ही, भारत का करीब 10 हजार किलोमीटर का इलाका भी पाकिस्तानियों की नजर में आ जाता। भारत ने मुश्किल परिस्थितियों में पहले आगे बढ़ने की रणनीति बनाई। 13 अप्रैल का दिन सुनिश्चित किया गया। उन जवानों का चयन कर लिया गया था, जो सियाचिन की दुर्गम पहाड़ियों को अपना बेस बनाने वाले थे। तैयारी तो पूरी थी, लेकिन एक मुश्किल सामने आकर खड़ी हो गई। अब तक वे सामान नहीं आए थे, जिन्हें पहनकर इन पहाड़ियों पर चढ़ाई करनी थी। गरमी का मौसम अभी शुरू नहीं हुआ था इसलिए सामान्य ठंड के कपड़े भी काम नहीं कर सकते थे। इन सीमित कपड़ों में इतनी ठंडी जगह की चढ़ाई करना मौत के कुएँ में कूदने जैसा हो सकता था। कमांडिंग ऑफिसर्स को लगातार ये सूचनाएँ मिल रही थीं कि पाकिस्तान किसी भी वक्त चढ़ाई शुरू कर सकता है। आखिरकार 12 अप्रैल की शाम सेना का एक हेलिकॉप्टर राहत की खबर लेकर आया। इस हेलिकॉप्टर में वे सामान मौजूद थे, जो इन दुर्गम पहाड़ियों पर चढ़ाई करने के लिए जरूरी थे।

13 अप्रैल के दिन देश में बैसाखी मनाई जा रही थी, उसी वक्त भारतीय सेना के बहादुर जवान विपरीत मौसम में अपनी सरहदों की रक्षा के लिए बड़ा ऑपरेशन शुरू कर रहे थे। पाकिस्तान की प्लानिंग से चार दिन पहले ही भारतीय फौजियों ने कूच कर दिया। ये जवान जानते थे कि वे दुनिया के सबसे ऊँचे युद्ध के मैदान में जा रहे हैं और वहाँ मौसम का दुश्मन के गोले से ज्यादा खतरनाक है, लेकिन इनका हौसला उसी चट्टान की तरह अटल था, जैसे सियाचिन की दुर्गम चोटियाँ।

6000 मीटर की ऊँचाई पर अब वह इतिहास बनने वाला था, जिसके अंत की योजना किसी के पास नहीं थी। लेफ्टिनेंट जरनल प्रेम नाथ हूण ने ऑपरेशन की बागडोर सँभाली। 4 कुमाऊँ के बहादुर जवानों को इस मिशन के लिए चुना गया। उनके साथ लद्दाख स्काउट्स को भी तैनात किया गया।

कुमाऊँ रेजीमेंट के लेफ्टिनेंट कर्नल पुष्कर चंद को टास्क फोर्स का कमांडिंग ऑफिसर बनाया गया। कर्नल पुष्कर जानते थे कि यह अभियान भारत के सामरिक महत्त्व के लिए कितना महत्त्वपूर्ण है इसलिए वे जवानों और अफसरों का हौसला बढ़ाते रहे। 4 कुमाऊँ के कैप्टन संजय कुलकर्णी को बिलाफोंड ला पर कब्जा करने का टारगेट दिया गया। कुमाऊँ रेजीमेंट के ही मेजर ए.के. बहुगुणा के पास सिया ला की जिम्मेदारी थी, जबकि लेफ्टिनेंट कर्नल डी.के. खन्ना को कहा गया कि वे ग्योंग ला में 19 कुमाऊँ के साथ जाएँ। अब लक्ष्य साफ हो चुके थे, इंदिरा कॉल से ग्योंग ला के बीच की चोटियों पर भारत का तिरंगा फहराना था। बिलाफोंड और सिया ला की चुनौतियाँ और बड़ी थीं क्योंकि ये सियाचिन की दुर्गम चोटियाँ थीं।

अब सबकी नजरें बिलाफोंड ला पर जाकर टिक गईं, अगले कई दिन के लिए यह चोटी हर फौजी का लक्ष्य बन गई। 13 अप्रैल, 1984 को सूरज अभी उगा भी नहीं था कि भारतीय आर्मी ने ऑपरेशन मेघदूत शुरू कर दी। सुबह साढ़े पाँच बजे पहले चीता हेलिकॉप्टर ने बिलाफोंड ला के लिए उड़ान भरी। पहली उड़ान में कैप्टन कुलकर्णी और उनके साथ एक जे.सी.ओ. थे। हेलिकॉप्टर लैंड नहीं कर पाया इसलिए दोनों को कूदना पड़ा। इसके बाद एयरफोर्स ने उस दिन की सबसे व्यस्त कार्रवाई किया और बिलाफोंड ला के लिए 17 बार उड़ान भरी और 17 सिपाहियों को बिलाफोंड ला पर छोड़ा। लगभग डेढ़ घंटे में पहला चरण पूरा हो चुका था। सुबह सात बजे तक पहला दस्ता उस जगह पर पहुँच चुका था, जो इस ऑपरेशन का सबसे अहम पड़ाव होने वाला था। इस चौकी पर अब तिरंगा लहरा रहा था।

श्रीनगर में बैठे लेफ्टिनेंट जनरल प्रेम नाथ हूण को पल-पल की खबर दी जा रही थी। डी.जी.एम.ओ. भी बारीकी से हर हरकत पर नजर रख रहा था। एयर फोर्स ने अपने Mi-17, Mi-8 और चेतक हेलिकॉप्टर के अलावा Il-76, An-12 और An-32 जहाजों को भी ऑपरेशन में झोंक दिया था।

13 अप्रैल को ऑपरेशन शुरू हुआ था, कुमाऊँ रेजीमेंट की एक पूरी बटालियन और लद्दाख स्काउट्स को सियाचिन ग्लेशियर के पूर्वी हिस्से की

दुर्गम सियाचिन ग्लेशियर

तरफ पैदल मार्च करने का आदेश हुआ। ये सिपाही जोजीला पास के रास्ते सियाचिन की तरफ बढ़ने लगे। पाकिस्तानी रेडार की पकड़ से बचने के लिए लेफ्टिनेंट कर्नल डी.के. खन्ना के नेतृत्ववाली टुकड़ी बर्फीले रास्ते पर पैदल मार्च करने लगी। सियाचिन की चोटियों पर पहली पोस्ट मेजर आर.एस. संधू के साथ चल रही टुकड़ी ने बना ली। कैप्टन पी.वी. यादव के नेतृत्ववाली टुकड़ी चार दिनों तक लगातार चलती रही और आखिरकार सालतोरो की चोटियों पर कब्जा कर लिया।

भारतीय सेना के त्वरित ऑपरेशन की वजह से बिलफोंड ला, सालतोरो और सिया ला पर भारतीय ध्वज लहरा चुका था। पाकिस्तान के राष्ट्रपति और सियाचिन ऑपरेशन के वक्त ब्रिगेडियर रहे परवेज मुशर्रफ ने अपनी पुस्तक में लिखा है कि इन चार दिनों में भारतीय फौज ने 2300 वर्गमील की जमीन खो दी, जबकि भारतीय फौज का दावा है कि करीब 3000 वर्गमील की जमीन सीधे नियंत्रण में है।

□ इस बीच पाकिस्तान को भारतीय फौज की गतिविधियों का आभास हो चुका था, उसे यह भी पता लग गया कि सियाचिन की चोटियों पर तिरंगा

फहराया जा चुका है। बौखलाए पाकिस्तान ने इन चोटियों पर कब्जा करने के लिए हमला करने का फैसला किया।

25 अप्रैल, 1984 को पाकिस्तान स्पेशल ऑपरेशन ग्रुप के 300 कमांडों सियाचिन की चोटियों पर कब्जा लेने के लिए उतरे, लेकिन तब तक बहुत देर हो चुकी थी, भारतीय सैनिकों ने दुश्मन को हिलने का मौका भी नहीं दिया।

बिलाफोंड ला पर कब्जा करनेवाले कैप्टन संजय कुलकर्णी ने एक टेलीविजन इंटरव्यू में बताया कि 13 अप्रैल को लैंडिंग के तीन घंटे के बाद ही उनका रेडियो ऑपरेटर बीमार हो गया, इसलिए उसे वापस भेजना पड़ा और अगले कुछ घंटों में एक जवान की ठंड की वजह से मौत हो गई। 16 अप्रैल को एक और सिपाही की मौत हो गई। इसकी सूचना बेस कैंप को देनी जरूरी थी, इसलिए रेडियो का इस्तेमाल किया गया। रेडियो पर हुई इस बातचीत को पाकिस्तान ने सुन लिया और अब वो जवाबी हमला करने के लिए निकल पड़े। पाकिस्तान ने ऑपरेशन अबाबील लॉन्च किया। उनका मकसद बिलाफोंड ला और सिया ला पर कब्जा करने का था।

23 जून, 1984 की सुबह साढ़े चार बजे तक पाकिस्तानी कमांडो बिलफोंड ला के करीब पहुँच चुके थे। उन्होंने भारतीय सिपाहियों पर गोली चला दी। गोली लांस नायक चंचल सिंह के सिर पर लगी और वे वहीं शहीद हो गए। लांस नायक चंचल सिंह पर गोली चलते ही भारतीय टुकड़ी हरकत में आ गई और जवाबी हमला बोल दिया गया।

पाकिस्तानियों के पास इस आक्रमण का मुकाबला करने के लिए कुछ नहीं था। पाकिस्तान के 26 जवान मारे गए और बाकी बचे सिपाहियों को वापस लौटना पड़ा।

पाकिस्तान ने कई बार हमले किए, लेकिन हर हमले को नाकाम कर दिया गया। इसके बाद 1987 में सियाचिन पर एक बड़ा ऑपरेशन हुआ और यह ऑपरेशन भी इतिहास बन गया।

□

13

सियाचिन में पाकिस्तान के अजेय किले को ढहा दिया गया—1987

1984 में सियाचिन का 3000 वर्ग किलोमीटर का इलाका हाथ से निकल जाने के बाद पाकिस्तान में हाहाकार मच गया। बेनजीर भुट्टो ने सेना को ताना मारकर कहा कि वे चूड़ियाँ पहन लें। पाकिस्तानी आर्मी के जनरल जिया उल हक इस हार को पचा नहीं पा रहे थे, उन्हें पहले सियाचिन में मुँह

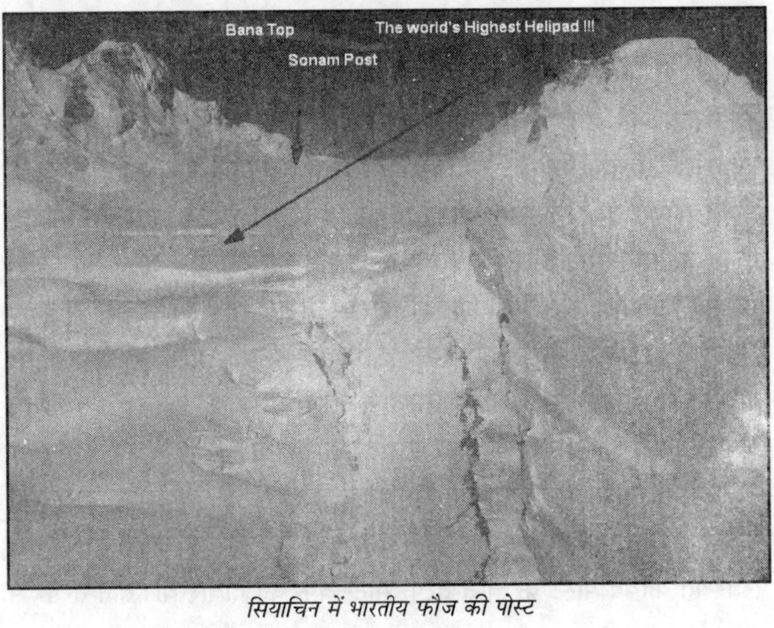

सियाचिन में भारतीय फौज की पोस्ट

की खानी पड़ी और उसके बाद घर के अंदर भी उनकी आलोचना हो रही थी। इस खिसियाहट को कम करने के लिए पाकिस्तान आर्मी ने कई बार सियाचिन में भारतीय चौकियों पर हमला बोला लेकिन हर बार उन्हें हार का मुँह देखना पड़ा।

बार-बार के पाकिस्तानी आक्रमणों ने भारतीय सेना को सतर्क कर दिया, सियाचिन में तैयारियाँ और बढ़ने लगीं। अब आर्टिलरी, सिग्नल्स के साथ-साथ सेना के दूसरे अंग सियाचिन में पूरी तरह से सक्रिय हो गए। 1984 में 300 सैनिकों के साथ भारतीय फौज ने 'ऑपरेशन मेघदूत' शुरू किया था, 1987 आते-आते इस दुर्गम जगह पर 3000 सैनिक तैनात कर दिए गए।

पाकिस्तान में सैनिक शासन चल रहा था। 1978 में जनरल जिया ने जुल्फिकार अली भुट्टो का तख्ता पलट करके खुद सत्ता की बागडोर सँभाल ली थी, कुछ सालों तक तो ठीक चलता रहा, लेकिन 1984 की सियाचिन हार से उनकी किरकिरी होने लगी। पूरी पाकिस्तानी सेना का मनोबल टूट चुका था, इसीलिए जनरल जिया ने एक बार फिर आक्रामक रुख अपनाया।

समीकरण भारत में भी बदल चुके थे, 1984 में ऑपरेशन मेघदूत के वक्त सत्ता की बागडोर सँभाल रहीं इंदिरा गांधी की हत्या हो चुकी थी। इंदिरा गांधी की जगह अब उनके बेटे राजीव गांधी प्रधानमंत्री थे। भारत और पाकिस्तान में यही फर्क है, हमारे देश में सत्ता किसी के पास भी हो सेना के मामले में पूरा देश एक साथ खड़ा दिखाई देता है। इसीलिए इस बार सैनिक ताकत के समीकरण और मजबूत हो चुके थे। भारतीय सेना पहले से ज्यादा मजबूती के साथ सलतोरो की चोटियों पर तैनात थी। इन सबके बावजूद सियाचिन ग्लेशियर के ठीक सामने की बेहद ऊँचाई वाली एक पोस्ट पर पाकिस्तानी सैनिक तैनात थे। पाकिस्तान ने इस पोस्ट को कायद-ए-आजम मुहम्मद अली जिन्ना के नाम पर 'कायद' नाम दिया।

कायद पोस्ट से पाकिस्तान सियाचिन की हर उस चौकी पर नजर रख सकता था, जहाँ भारतीय फौजी तैनात थे। 22 हजार फीट से ज्यादा की ऊँचाई पर स्थित कायद पोस्ट के चारों तरफ मोटी बर्फ की दीवारें थीं। तीन तरफ से

सीधी चट्टानें जिनको पार करना नामुमकिन था, जबकि चौथी तरफ से थोड़ी ढलान है, वहीं से आना-जाना हो पाता है। इस पोस्ट पर ऊपर बैठे दुश्मन की निगाह में आए बिना चढ़ पाना नामुमकिन काम था और इसी नामुमकिन काम को भारत की बहादुर फौज ने अंजाम दिया। इतनी ऊँचाई पर ऑक्सीजन की बहुत कमी हो जाती है इसलिए चढ़ते वक्त जल्दी साँस फूल जाता है, इसी वजह से कुछ कदम चलने के बाद रुकना पड़ता था। हवाओं की रफ्तार 120 किलोमीटर प्रतिघंटा जो शरीर से टकराते ही उसे चीर देने के लिए काफी होती हैं। तापमान माइनस पचास डिग्री तक पहुँचना तो आम बात है। तेज हवाओं की वजह से रात में देखना मुश्किल भरा काम था, इसलिए यह जरूरी था कि हमला दिन के वक्त ही किया जाए।

कायद पोस्ट से करीब 1500 मीटर नीचे उत्तर-पश्चिम की तरफ सोनम पोस्ट थी, इसके अलावा दक्षिण में अमर पोस्ट भी थी, जहाँ की गतिविधियों पर पाकिस्तान दिन-रात नजर रख सकता था। पाकिस्तानी सिपाही कायद पोस्ट से उन हेलिकॉप्टर्स को निशाना लगा सकते थे, जो अमर और सोनम पोस्ट के लिए रसद ले जाने का काम करती थी।

18 अप्रैल, 1987 को पाकिस्तान ने एक बड़ी गलती की और इसका खामियाजा उसे कायद पोस्ट गँवा कर उठाना पड़ा। 18 अप्रैल की सुबह पाकिस्तान की कायद पोस्ट से सोनम पोस्ट पर एम.एम.जी. से फायरिंग शुरू कर दी गई, जब तक भारतीय जवानों को सँभलने का मौका मिलता तब तक 5 बिहार के एक जे.सी.ओ. और एक जवान शहीद हो चुके थे। हमला अचानक हुआ इसलिए यह भारत के लिए बड़ा धक्का था। पाकिस्तान ने एक और हिमाकत की, अब उसने उन हेलिकॉप्टर्स को निशाना बनाना शुरू कर दिया, जो सोनम और अमर पोस्ट के लिए रसद ले जा रहे थे। भारतीय सेना के लिए खतरा बढ़ता जा रहा था, पाकिस्तानी थोड़ी दूर पर ही सही, लेकिन इतनी ऊँचाई पर थे कि नंगी आँखों से वे भारतीय सौनिकों की गतिविधियों को देख सकते थे।

अब बारी भारत के जवाब देने की थी, भारतीय सेना के कमांडर्स ने तय किया की कायद पोस्ट भले ही पाकिस्तान के इलाके में आती हो लेकिन वहाँ

लेफ्टिनेंट राजीव पांडे

से न केवल पाकिस्तानी सैनिकों को खदेड़ना बल्कि फिर से भारतीय चौकियाँ निशाना न बने इसलिए उस पर कब्जा करना भी जरूरी हो गया था। जम्मू-कश्मीर लाइट इन्फेंट्री की 8वीं बटालियन को कायद पोस्ट पर कब्जा करने का लक्ष्य दिया गया।

सोनम पोस्ट पर हुए हमले के 32 दिन बाद 29 मई को जम्मू-कश्मीर लाइट इन्फेंट्री की 13 जवानों वाली पेट्रोल पार्टी उस जगह का जायजा लेने के लिए गई जहाँ से कायद पोस्ट पर हमला किया जा सकता है। इसका मकसद दुश्मन की पोजीशन और उसकी फायरिंग पावर

लेफ्टिनेंट राजीव पांडे और उनके माता-पिता

का अंदाजा लगाना था। सेकेंड लेफ्टिनेंट राजीव पांडे की कमांड वाली यह पेट्रोल पार्टी बेहद सावधानी से कायद पोस्ट का जायजा लेने के लिए निकल पड़ी। करीब 500 मीटर तक बर्फ की चट्टान पर 90 डिग्री की सीधी खड़ी चढ़ाई थी। यह पार्टी इतनी सतर्कता और चतुराई से आगे बढ़ रही थी कि दुश्मन को अंदाजा भी नहीं हो पाया। जैसे ही यह पेट्रोल पार्टी पाकिस्तानियों की पोस्ट से महज 30 मीटर की दूरी पर पहुँची, दुश्मन की नजर इन पर पड़ गई। पाकिस्तानी सैनिकों ने मशीनगन से फायरिंग शुरू कर दी। सेकेंड लेफ्टिनेंट राजीव पांडे और नायब सूबेदार हेमराज समेत 10 जवान मारे गए।

10 जवानों की शहादत से देश में गुस्से की लहर दौड़ गई। अब न केवल कायद पोस्ट पर कब्जा करना था बल्कि 12 जवानों की शहादत का बदला भी लेना था। सेकेंड लेफ्टिनेंट राजीव पांडे की टुकड़ी के साथ जो हुआ उससे उनकी यूनिट में बदला लेने का जोश दोगुना हो गया। हर सिपाही अब इस ऑपरेशन का हिस्सा बनना चाहता था। मेजर विरेंद्र सिंह की कमांड में एक नई टास्क फोर्स बनाई गई। कैप्टन अनिल शर्मा को इस फोर्स का डिप्टी बनाया गया। कुल 62 लोगों की यह टीम अब दिन-रात एक ही कोशिश में जुट गई, और वो कोशिश थी कायद पोस्ट पर कब्जा। बहादुर अफसर सेकेंड लेफ्टिनेंट राजीव पांडे के नाम पर इस मिशन का नाम ऑपरेशन राजीव रखा गया।

टॉस्क फोर्स ने बिलाफोंड ला में अपना बेस कैंप बनाया। इस इलाके में यह बटालियन महज एक महीना पहले आई थी, इसलिए अभी इलाके से इनका परिचय हो ही रहा था। मौसम इतना खराब था कि इस टुकड़ी को बिलाफोंड ला तक लाने में बीस दिन लग गए और इस दौरान चीता हेलिकॉप्टर को 200 से ज्यादा उड़ानें भरनी पड़ीं।

हमले की रिहर्सल के दौरान ही मौसम की खराबी के कारण कुछ जवानों की तबीयत खराब हो गई, इसलिए उन्हें बेसकैंप वापस भेजना पड़ा। सोनम पोस्ट के पास एक और पोस्ट बनाई गई, जहाँ से 24 घंटे कायद पोस्ट पर नजर रखी जाने लगी।

सेकेंड लेफ्टिनेंट राजीव पांडे की टुकड़ी ने शहादत से पहले एक बड़ा

काम कर दिया था। कायद पोस्ट के रास्ते में उन्होंने रस्सियाँ लगा दी थीं, जिसके सहारे कायद पोस्ट के टॉप पर पाकिस्तानी सैनिकों तक पहुँचा जा सकता था। लेकिन मौसम इतना खराब था और बर्फबारी इतनी ज्यादा थी कि उन रस्सियों का पता लगाना भी एक बड़ा टास्क बन गया।

परमवीर चक्र विजेता नायब सूबेदार बाना सिंह

23 जून, 1987 की शाम सैनिकों की एक टुकड़ी इन रस्सियों की तलाश में निकली, लेकिन मौसम ने इन्हें 4 घंटे में 1 किलोमीटर से आगे नहीं बढ़ने दिया। भारी बर्फबारी होने लगी इसलिए टीम को वापस बेस कैंप में लौटना पड़ा।

अगले ही दिन यानी 24 जून की रात को सूबेदार हरनाम सिंह के नेतृत्व में 10 जवानों की एक टुकड़ी को भेजा गया। सूबेदार संसार चंद की टुकड़ी थोड़ी दूरी बनाकर इनके पीछे पीछे चल रही थी। नायब सूबेदार बाना सिंह की टुकड़ी को रिजर्व में रखा गया। सूबेदार हरनाम सिंह की टुकड़ी को वे रस्सियाँ मिल गईं, जो सेकेंड लेफ्टिनेंट राजीव पांडे की पेट्रोल पार्टी ने लगाई थीं। उन सिपाहियों के शव भी मिल गए, जो 29 मई की रात पाकिस्तानी फायरिंग में शहीद हुए थे।

भारतीय सिपाहियों ने रस्सियों के सहारे ऊपर चढ़ना शुरू कर दिया। सुबह करीब साढ़े तीन बजे तक सैनिक पचास मीटर ही चढ़ पाए थे कि सबसे आगे चल रहे स्काउट नायक तारा चंद ने सामने से कुछ हरकत देखी, इससे पहले कि भारतीय सैनिक नीचे की तरफ उतरकर पोजीशन लेते पाकिस्तानियों ने मशीनगन से फायरिंग शुरू कर दी। नायक तारा चंद के साथ-साथ दो और सिपाही मौके पर ही शहीद हो गए।

सियाचिन में कायद पोस्ट

भारतीय सैनिक जवाबी फायरिंग करने की तैयारी कर ही रहे थे कि उनके हथियारों ने काम करना बंद कर दिया। तापमान माइनस 25 डिग्री था और इस तापमान पर बंदूकों ने जवाब दे दिया, वे जाम हो गईं। दूसरी तरफ पाकिस्तानी सैनिकों ने मशीन गन के नीचे स्टोव जला रखे थे।

इस हमले के दौरान आर्टिलरी की मदद भी नहीं मिल पाई, क्योंकि यह खतरा था कि तोप का गोला अपने ही जवानों को नुकसान पहुँचा सकता है। घायल सिपाहियों को बेसकैंप पहुँचाया गया, शहीद सिपाहियों के शवों को हेलिकॉप्टर से ले जाया गया। भारतीय पायलटों ने जान जोखिम में डालते हुए पाकिस्तान की तरफ उड़ान भरकर भारतीय सैनिकों को वहाँ से हटाया।

पहले हमले से यह अंदाजा लग चुका था कि पाकिस्तानी की फायर पावर क्या है और उसे मात देने के लिए क्या रणनीति कारगर हो सकती है। इसलिए इस बार दुश्मन को घेरकर मारने की प्लानिंग की गई। एक पोस्ट से कायद पोस्ट को निशाना बनाकर एम.एम.जी. से लगातार फायरिंग की जाने लगी, दूसरी पोस्ट से रॉकेट लॉञ्चर दागे जाने लगे।

25 जून की दरम्यानी रात को सूबेदार संसार चंद की टीम ने आक्रमण

किया। इस टीम के सपोर्ट के लिए एक लाइट मशीन गन थी, लेकिन वह भी जाम हो गई। पाकिस्तान की तरफ से भी मशीनगन और रॉकेट लॉञ्चर से लगातार फायरिंग की जाने लगी। सूबेदार संसार चंद की टुकड़ी कायद पोस्ट के बेहद नजदीक पहुँच गई, लेकिन हमला करने के लिए उन्हें और सिपाहियों की जरूरत थी, लेकिन रेडियो सेट ने धोखा दे दिया। महज 100 मीटर दूर खड़े कमांडर तक मैसेज पहुँचाने के लिए सूबेदार ने हवलदार राम दत्त को भेजा, लेकिन कमांडर तक पहुँचने से पहले ही पाकिस्तानी सिपाहियों ने निशाना लगाकर हवलदार रामदत्त को मार डाला। उनका शव कभी नहीं मिला। हमला रोक दिया गया।

दो लगातार हमलों की नाकामी ने भारतीय फौज में निराशा नहीं भरी, बल्कि सटीक हमले का जोश पैदा कर दिया। 26 जून की सुबह तक कायद पोस्ट पर जमे पाकिस्तानी सिपाहियों का गोला-बारूद लगभग खत्म हो चला था, भारतीय सिपाहियों के पास भी सीमित मात्रा में ही गोलियाँ थीं। इस बीच कुदरत ने अपना रंग बदला, मौसम सुधरा, तामपान भी थोड़ा बढ़ा, लेकिन जीरो डिग्री से ऊपर नहीं आया। इस तापमान पर भारतीय सैनिकों के हथियारों ने काम करना शुरू कर दिया।

सियाचिन में आर्टिलरी

लेकिन भारतीय सैनिकों के सामने 26 जून की रात तक की ही रसद और गोला-बारूद मौजूद थे। इसलिए हमला इसी वक्त करना था। दो तरफ से हमले की रणनीति बनाई गई, मेजर वरिंदर सिंह ने अपने साथ 8 सिपाहियों को लिया और एक छोर से हमले की कमान सँभाली, जबकि पाँच जवानों की दूसरी टीम नायब सूबेदार बाना सिंह के नेतृत्व में दूसरी तरफ से हमला करने वाली थी। इस हमले से ठीक पहले कायद पोस्ट पर जमकर गोलाबारी की गई।

नायब सूबेदार बाना सिंह की टुकड़ी ने 26 जून की दोपहर डेढ़ बजे हमला शुरू किया। इस घातक दस्ते ने वह रास्ता चुना, जिसकी कल्पना पाकिस्तानी सिपाहियों ने की भी नहीं थी। यह रास्ता न केवल कठिन था, बल्कि दूसरे रास्तों के मुकाबले काफी लंबा भी था। 22 हजार फीट की ऊँचाई, 120 किलोमीटर प्रतिघंटा की रफ्तार से चलती हवाएँ और ऊपर से बरसती दुश्मन की गोलियाँ। हर तरफ केवल मौत थी, लेकिन विजय इस मौत के ठीक उस पार खड़ी थी।

बाना सिंह की टुकड़ी जब चोटी पर पहुँची तो उन्हें पाकिस्तानी सैनिकों का बंकर नजर आ गया, लेकिन तभी एक कठिन परीक्षा फिर सामने आ गई। चोटी पर ठंड इतनी ज्यादा थी कि हथियार जाम हो गए। बाना सिंह ने तुरंत सूझ-बूझ का परिचय दिया और बंकर के अंदर ग्रेनेड फेंककर उसका दरवाजा बंद कर दिया। बंकर के अंदर मौजूद पाकिस्तानी सिपाही मारे गए। बंकर के बाहर मौजूद पाकिस्तानी सैनिकों को भारतीय सिपाहियों ने अपनी संगीनों से मार डाला। हमला इतना तीव्र था कि कुछ पाकिस्तानी सैनिकों ने डर के मारे चोटी से नीचे छलाँग लगा दी। अब कायद पोस्ट पर भारत का कब्जा हो चुका था। इस अदम्य साहस और शौर्य के लिए बाना सिंह को 'परमवीर चक्र' दिया गया। इस चोटी का नाम भी बदल कर 'बाना टॉप' कर दिया गया। रायफल मैन चुन्नीलाल और रायफल मैन ओमराज को सेना मेडल से नवाजा गया। इन्हीं दो सिपाहियों ने संगीनों से दुश्मन को मार गिराया था। सूबेदार हरनाम सिंह को महावीर चक्र दिया गया। मेजर वरिंदर सिंह और सेकेंड लेफ्टिनेंट रजीव

पांडे समेत 7 लोगों को वीर चक्र प्रदान किया गया। पाकिस्तानी सिपाहियों के शव करगिल मीट के दौरान उनके अफसरों को ससम्मान सौंप दिए गए। इस दुर्गम क्षेत्र में यह भारत के लिए सबसे बड़ी जीत थी और इस जीत की भूमिका सेकेंड लेफ्टिनेंट राजीव पांडे की टीम और हवलदार मुल्कराज शर्मा ने उस वक्त लिख दी थी, जब उन्होंने कायद पोस्ट तक रस्सियाँ बिछाकर अपने साथियों के आने का रास्ता बनाया और खुद शहीद हो गए।

□

14

मालदीव से सारे कैक्टस हटा दिए—1988

भारतीय सेना के शौर्य की चर्चाएँ कभी सीमाओं की मोहताज नहीं रहीं। भारतीय सैनिकों ने न केवल अपनी जमीन से दुश्मनों को खत्म किया, बल्कि दुनिया में जिसने भी पुकार बिना वक्त गँवाए उसकी मदद की। यह कहानी 3 नवंबर, 1988 की है। केरल के कोचीन से लगभग 710 किलोमीटर दूर मालदीव संकट में घिर गया। पीपल्स लिब्रेशन ऑर्गेनाइजेशन ऑफ तमिल इलम के सशस्त्र विद्रोहियों ने अचानक धावा बोलकर मालदीव की सरकार को घुटनों पर ला दिया। पीपल्स लिब्रेशन के 80 हथियारबंद आतंकी एक जहाज की मदद से मालदीव की समुद्री सीमा में पहुँचे, वहाँ से स्पीड बोट के जरिए मालदीव की राजधानी माले पर धावा बोल दिया। कुछ आतंकी पहले ही माले पहुँच चुके थे। इन 80 आतंकियों के साथ मिलकर उन्होंने माले की सरकारी बिल्डिगों पर कब्जा कर लिया। यहाँ तक कि एयरपोर्ट और टेलीविजन, रेडियो पर भी कब्जा जमा लिया। हालाँकि वे मालदीव के तत्कालीन राष्ट्रपति अब्दुल गयूम को पकड़ने में कामयाब नहीं हुए। गयूम एक जगह से दूसरी जगह भागते रहे और उन्होंने

त्वरित कार्रवाई ने रोका तख्तापलट

मालदीव में भारतीय सेना

भारत, अमेरिका और ब्रिटेन से आपात मदद की माँग कर दी।

हम मालदीव के पड़ोसी हैं। हमारे रिश्ते सदियों पुराने हैं। पड़ोसी की इस पुकार को सुनकर भला चुप कौन बैठ सकता था। तत्कालीन प्रधानमंत्री राजीव गांधी ने बिना वक्त गँवाए भारतीय सेना को आदेश दिया कि मालदीव को इस संकट से मुक्त करवाया जाए। भारतीय सेना ने 'ऑपरेशन कैक्टस' शुरू कर दिया।

3 नवंबर, 1988 की आधी रात भारतीय वायुसेना का जहाज 50वीं इंडिपेंडेट पैराशूट ब्रिगेड, पैराशूट रेजीमेंट की 6वीं बटालियन और 17 पैराशूट फील्ड रेजीमेंट के 300 बहादुर सिपाहियों को लेकर उड़ चला। जवानों का नेतृत्व ब्रिगेडियर फारुख बुलसारा कर रहे थे। 1600 जवानों के सामने लक्ष्य स्पष्ट था, मालदीव को संकट से मुक्त करवाना। आगरा एयरफोर्स स्टेशन से उड़ान भरकर एयरफोर्स का जहाज बिना रुके 2000 किलोमीटर का सफर तय करने के लिए चल पड़ा।

मालदीव सरकार की पुकार के 9 घंटे के अंदर ही भारतीय पैराट्रूपर का दस्ता हुलहुले द्वीप पर बने माले इंटरनेशनल एयरपोर्ट पर पहुँच चुका था।

माले एयरपोर्ट पर भारतीय सेना

भारतीय सैनिकों ने सबसे पहले एयरपोर्ट को अपनी सुरक्षा में लिया, उसके बाद नौसेना की तेज चलनेवाली बोट्स की मदद से राष्ट्रपति गयूम को सुरक्षित जगह पर पहुँचाया। इस बीच भारतीय सेना की कार्रवाई से घबराए आतंकियों में से कुछ ने एक जहाज को हाइजैक किया और श्रीलंका की ओर भाग गए। जो आतंकी उस जहाज तक नहीं पहुँच पाए थे, उन्हें पकड़ लिया गया और मालदीव सरकार के हवाले कर दिया गया। इस कार्रवाई में 19 लोग मारे गए, जिनमें ज्यादातर आतंकी थे। दो नागरिकों को आतंकियों ने पहले बंधक बनाया फिर मार डाला। जो आतंकी जहाज का अपहरण करके श्रीलंका की ओर भागे थे उन्हें आई.एन.एस. गोदावरी और आई.एन.एस. बेतवा ने पकड़ लिया और कुछ ही घंटे की सैनिक कार्रवाई में मालदीव का संकट खत्म हो गया। मालदीव के नागरिकों ने भारतीय सैनिकों का अभिनंदन किया। □

15

कारगिल की मार कभी नहीं भूलेगा पाकिस्तान—1999

करगिल की लड़ाई साल 1999 में हुई, लेकिन इसकी योजना पाकिस्तान 1984 से बना रहा था। सियाचिन में भारतीय फौज के हाथों पाकिस्तानी सेना ने न केवल मुँह की खाई, बल्कि उसे अपने ही देश के लोगों से भी खरी-खोटी सुननी पड़ी। 1987 में उसके हाथ से जब सियाचिन की कायद पोस्ट भी निकल गई तो वह बुरी तरह बौखला गया। पाकिस्तानी सेना का मनोबल टूटा हुआ था, लेकिन बदले की भावना उसमें अंदर-ही-अंदर सुलग रही थी। पाकिस्तानी फौजी कहीं मुँह दिखाने के काबिल नहीं रह गए थे, इसलिए वे और ज्यादा हताशा में थे। इसी हताशा के बीच रची गई एक साजिश जिसे 1999 में अंजाम दिया गया।

करगिल पाकिस्तानी फौज के लिए भी अनोखा ऑपरेशन था। पाकिस्तानी सेना के चंद कमांडर ही इसके बारे में जानते थे। यह योजना दस सालों तक ठंडे बस्ते में चली गई। इस पूरे ऑपरेशन की साजिश के मास्टरमाइंड थे परवेज मुशर्रफ। 1987 में परवेज मुशर्रफ की कमान में पाकिस्तानी सेना की टुकड़ी ने बिलाफोंड ला पर कब्जे के लिए हमला किया, लेकिन वे नाकाम रहे। इससे पहले और बाद में भी पाकिस्तान सियाचिन की चोटियों पर कब्जे की नाकाम कोशिशें कर चुका था। परवेज मुशर्रफ के दिल में हार की टीस तो थी, लेकिन वो अंदर-ही-अंदर खतरनाक प्लानिंग करते रहे।

2 दिसंबर, 1988 को बेनजीर भुट्टो पाकिस्तान की प्रधानमंत्री बनीं।

बटालिक सेक्टर में भारतीय फौज

परवेज मुशर्रफ तब तक ब्रिगेडियर हो चुके थे और बेनजीर में उन्हें पाकिस्तान का ताकतवर प्रधानमंत्री नजर आया। एक दिन परवेज मुशर्रफ ऑपरेशन करगिल का प्लान लेकर बेनजीर भुट्टो के पास पहुँच गए। पाकिस्तानी फौजी अफसर ये भी कहते हैं कि इससे पहले जनरल जिया भी इस प्रस्ताव को खारिज कर चुके थे। बेनजीर भुट्टो ने परवेज मुशर्रफ का प्लान सुना जरूर, लेकिन उसे खारिज कर दिया। बेनजीर ने जब प्लान खारिज किया तो परवेज मुशर्रफ को यह समझ में आ गया कि राजनीतिक लोग उनके इस तरह के प्रस्ताव को कभी मंजूरी नहीं देंगे, इसलिए उन्होंने दूसरी तरकीब सोची।

इस बीच कुछ अपनी काबिलीयत और कुछ तरकीबों की बदौलत परवेज मुशर्रफ पाकिस्तान आर्मी के चीफ बन गए। परवेज मुशर्रफ ने नवाज शरीफ से इस कदर नजदीकियाँ बढ़ाईं कि बिना सीनियर अफसरों की परवाह किए उन्हें पाकिस्तान आर्मी का चीफ बना दिया गया। नवाज शरीफ को परवेज मुशर्रफ पर इतना भरोसा था कि जो भी मुशर्रफ के खिलाफ बोलता नवाज उसे ही रिटायर कर देते। नवाज शरीफ ने यहाँ पर बड़ी चूक कर दी थी, जिसका खामियाजा उन्हें बड़ी कीमत देकर चुकाना पड़ा।

6 अक्तूबर, 1998 को परवेज मुशर्रफ आर्मी चीफ बने और दो दिन बाद ही 8 अक्तूबर, 1998 को उन्हें सेना के तीनों अंगों के चीफ की कमेटी का

हेड बना दिया गया। आर्मी चीफ बनते ही परवेज मुशर्रफ ने ठंडे बस्ते से वह प्लान निकाला, जिसे उन्होंने 1988 में बनाया था।

क्या था परवेज मुशर्रफ का प्लान?

सियाचिन में तो परवेज मुशर्रफ मुँह की खा चुके थे, लेकिन उनका ध्यान उन दूसरे मोर्चों पर गया, जहाँ बदला लिया जा सकता था, भले ही इसके लिए दोनों देशों के रिश्ते कितने ही क्यों न बिगड़ जाएँ। सर्दियों में करगिल, बटालिक और द्रास की ऊँची चोटियों से भारतीय फौज हट जाती है और गरमियों में फिर वहाँ तैनात हो जाती थी। पाकिस्तानी फौजी भी यही करते थे। एक तरह से ये दोनों फौजों के बीच बिना लिखा हुआ समझौता था। परवेज मुशर्रफ ने विश्वासघात का रास्ता अपनाया।

परवेज मुशर्रफ का प्लान तो तैयार था, अब बस उसे अमली जामा पहनाना था। दिसंबर 1998 से ही पाकिस्तान के स्पेशल ऑपरेशन ग्रुप और नॉर्दन लाइट इन्फ्रेंट्री के चुने हुए जवानों और अफसरों को करगिल, बटालिक और द्रास की चोटियों पर भेजने के लिए तैयारी शुरू हो गई।

हमले के लिए तैयार बोफोर्स तोप

कहा जाता है कि परवेज मुशर्रफ ने शुरुआती दिनों में नवाज शरीफ को पूरी तरह से अँधेरे में रखा। भारतीय सेना ने जब अपना ऑपरेशन शुरू किया तो तत्कालीन प्रधानमंत्री अटल बिहारी वाजपेयी ने नवाज शरीफ को फोन करके इस विश्वासघात के बारे में पूछा। टेलीफोन पर हुई इस बातचीत के दौरान नवाज शरीफ ने इस बात से साफ इनकार कर दिया कि करगिल की चोटियों पर बैठे घुसपैठियों को उनकी सेना की

तरफ कोई मदद दी जा रही है। इस बात में कुछ सच्चाई थी और कुछ झूठ। नवाज शरीफ पूरी दुनिया में यह बताते रहे कि ये ऑपरेशन उनकी जानकारी के बिना किया गया, लेकिन रिकॉर्ड कुछ और ही कहानी बताते हैं।

ऑपरेशन से पहले जनवरी से लेकर मार्च के बीच तीन अलग-अलग मीटिंग में नवाज शरीफ को करगिल की प्लानिंग बताई गई। परवेज मुशर्रफ और उनके चुनिंदा कमांडर्स ने नवाज शरीफ को कई मामलों में अँधेरे में रखा। जनवरी में नवाज शरीफ को बताया गया कि एल.ओ.सी. के पास भारतीय सैनिकों की गतिविधियाँ बढ़ गई हैं, इसलिए पाकिस्तानी सैनिकों की तैयारी चल रही है। इसके बाद फरवरी और मार्च मे भी नवाज शरीफ को छिटपुट जानकारी देकर यह बताने की कोशिश की गई कि ये गतिविधियाँ केवल जवाबी हमले के लिए हैं। नवाज शरीफ भाँप नहीं पाए कि उनकी नाक के नीचे एक खतरनाक साजिश को अंजाम दिया जा रहा है।

जून आते-आते नवाज शरीफ के कुछ सलाहकारों ने जब उनका ध्यान इस साजिश की तरफ दिलाया, तब तक बहुत देर हो चुकी थी। कहा जाता है कि जब उन्होंने परवेज मुशर्रफ से सख्ती के साथ पूछा कि उन्हें इस ऑपरेशन की जानकारी क्यों नहीं दी गई तो मुशर्रफ ने एक डायरी निकालकर उन तारीखों का हवाला दे दिया, जब नवाज शरीफ के साथ मीटिंग्स हुई थी। इस डायरी में उन सात तारीखों का जिक्र था, जब नवाज शरीफ और आर्मी कमांडरों के बीच बैठक हुई थी। मुशर्रफ ने दुनिया को यह भी बताया कि उसने तत्कालीन प्रधानमंत्री अटल बिहारी वाजपेयी की 20 फरवरी, 1999 को लाहौर बस यात्रा से पंद्रह दिन पहले ही करगिल ऑपरेशन की जानाकारी दे दी थी, जबकि नवाज शरीफ यह बताते रहे कि उन्हें घुसपैठ की पहली जानकारी वाजपेयी के टेलीफोन से मिली।

खैर मई 1999 के आखिर तक नवाज शरीफ के पास कोई रास्ता नहीं बचा था। दुनिया की दो परमाणु संपन्न शक्तियाँ युद्ध के मुहाने पर आकर खड़ी हो गई थीं। इस ऑपरेशन ने पूरी दुनिया को परेशान कर दिया था।

पाकिस्तान ने चौंका दिया

पाकिस्तान के निशाने पर नेशनल हाइवे-1 था। करगिल की चोटियों से वह इस पर नजर रखकर इसे पाकिस्तानी आर्टिलरी के निशाने पर ला सकता था। नेशनल हाइवे-1 कश्मीर घाटी को लेह से जोड़ने वाला एकमात्र हाइवे है। इस पर पाकिंस्तानी नजर का मतलब था कि भारत अपने एक बड़े भू-भाग से हाथ धो सकता था।

पाकिस्तानी सैनिकों ने साल 1999 की शुरुआत से ही अपने फौजियों को करगिल की चोटियों पर भेजना शुरू कर दिया। फरवरी 1999 में पहले बड़े दस्ते ने उन पोस्टों पर कब्जा कर लिया, जिसे भारतीय सैनिक खाली छोड़ आए थे।

भारतीय चौकियों पर कब्जा करने वालों को पाकिस्तान ने कश्मीर गुरिल्लाओं का नाम दिया था, लेकिन इसमें पाकिस्तान की नॉर्दन लाइट इन्फेंट्री के जवान, स्पेशल सर्विस ग्रुप के जवान और अफगान आतंकी शामिल थे।

अप्रैल 1999 तक घुसपैठियों की ये फौज पूरे इलाके की ऊँची चोटियों पर कब्जा जमा चुकी थी।

द्रास, बटालिक और करगिल की इन चोटियों से अब पाकिस्तान सीधे नेशनल हाइवे-1 पर नजर रख सकता था। भारतीय इंटेलीजेंस को इतनी बड़ी मूवमेंट की भनक तक नहीं लग पाई।

कारगिल विजय के हीरो

पाकिस्तानी घुसपैठ का पता कैसे चला ?

बटालिक सेक्टर के गोरकोन गाँव के रहनेवाले ताशी नामग्याल 3 मई, 1999 के दिन रोज की तरह अपनी भेड़ चराने के लिए बंजू की पहाड़ी पर गए। दोपहर होते-होते ताशी परेशान हो गए। उनका एक याक कहीं गुम हो गया था। एक गरीब चरवाहे के लिए याक बहुत कीमती जानवर था। ताशी ने तय किया कि वे याक की तलाश करके रहेंगे। दिन भर याक को तलाशा गया, लेकिन कोई कामयाबी नहीं मिली। शाम के वक्त ताशी ने अपने साथी को दूसरी भेड़ों का खयाल रखने के लिए कहा और खुद चल दिए उस गुम हुए याक की तलाश में। ताशी बंजू की पहाड़ी पर ऊपर चढ़ते जा रहे थे और अपनी दूरबीन से चारों तरफ देखते भी रहते कि कहीं याक दिख जाए। जब ताशी बंजू की चोटी के करीब पहुँचे तो उन्होंने फिर दूरबीन से चारों तरफ देखना शुरू किया। ताशी ने दूरबीन से जो देखा उसके बाद उनके पैर ठिठक गए। काले कपड़ों में करीब 6 लोग एक बंकर बना रहे थे। ताशी समझ गए कि कुछ गड़बड़ है, वे उलटे पैर लौटे और सीधे आर्मी की पोस्ट पर गए। पाकिस्तान की इतनी बड़ी प्लानिंग और चार महीने से चली आ रही घुसपैठ की भारतीय फौज को यह पहली सूचना थी।

इसके बाद दो महीने तक इन घुसपैठियों को पीछे धकेलने और

कारगिल की चोटियों पर भारतीय जवान

पाकिस्तान की घेराबंदी का ऑपरेशन शुरू हुआ। ये दुनिया में लड़ी गई अपनी तरह की अनोखी लड़ाई है, जहाँ किसी देश ने अपनी ही सीमा के अंदर इतना बड़ा ऑपरेशन किया जिसमें एयरफोर्स तक का इस्तेमाल करना पड़ा। करगिल की कहानी के लिए एक अलग पुस्तक जल्द ही आपको मिलेगी, लेकिन यहाँ पर दो कहानियों का जिक्र करना जरूरी है, जो यह बताने के लिए काफी हैं कि भारतीय सेना का अदम्य साहस और शौर्य कैसे उसे दुनिया में सबसे अलग बनाता है।

□

16

तोलोलिंग से जीत की शुरुआत—1999

13 जून, 1999 की अल सुबह तोलोलिंग की चोटी पर सर्द हवाएँ चल रही थीं। तभी नीचे ब्रिगेड कमांड को मैसेज मिला। 'सर हमने चोटी फतह कर ली है'। यह मैसेज कर्नल एम.वी. रवींद्रनाथ ने अपने ब्रिगेड कमांडर को दिया था।

तोलोलिंग की जीत के संदेश में उन दस बहादुर जवानों की शहादत का संदेश भी था, जो पिछले 48 घंटे से दुश्मन का सामना कर रहे थे। यह करगिल की लड़ाई में पहली बड़ी जीत थी और इस जीत को हासिल करने के लिए बहुत बड़ी कीमत चुकानी पड़ी ।

16000 फीट की ऊँची तोलोलिंग चोटी पर कब्जा जमाए पाकिस्तानी

तोलोलिंग की चोटी पर राजपुताना रायफल्स

फौजी श्रीनगर-लेह नेशनल हाइवे पर सीधे नजर रख रहे थे। यह एक खड़ा पहाड़ है, जिसके ऊपर बैठा हुआ शख्स नीचे की हर गतिविधि देख सकता है। इस पहाड़ पर होने वाली कोई भी हरकत ऊपर बैठे शख्स से छिपी नहीं रह सकती है। पाकिस्तानी फौजियों ने इसी पहाड़ी से पोजीशन बताकर अपनी आर्टिलरी से द्रास घाटी में बम और गोले बरसाए। भारतीय फौज के पास इस चोटी पर कब्जा वापस पाने का सिर्फ एक तरीका था और तरीका यही था कि पहाड़ पर चढ़ा जाए और दुश्मन को हराया जाए। इस कहानी को पढ़ते वक्त आपको यह काम असंभव लग रहा होगा, लेकिन इस असंभव काम को तीन हफ्तों के अंदर भारतीय सेना ने पूरा करके दिखाया। तोलोलिंग पर जीत हासिल करने के दौरान कई वीरों ने अपनी शहादत दे दी।

तोलोलिंग में ऑपरेशन शुरू करने से पहले तक भारत के पास कोई पुख्ता जानकारी नहीं थी। वे यह तो जानते थे कि दुश्मन ऊपर चोटी पर बैठा है लेकिन वे कितने लोग हैं, उनके पास कितनी ताकत है, किस तरह के हथियार हैं? इसकी कोई जानकारी नहीं थी। जो पेट्रोल पार्टी भेजी गई थी, उसे दुश्मन ने मार दिया था, लिहाजा सूचना पाने का कोई रास्ता नहीं था। ब्रिगेड कमांडर के पास केवल इतनी जानकारी थी कि चोटी पर 9 या 10 घुसपैठिए बैठे हैं और उन्हें वहाँ से खदेड़ना है।

अब तक तोलोलिंग की चोटी पर पाकिस्तानी मजबूत बंकर बना चुके थे, उन्हें पीछे से भारी रसद मिल रही थी, जिससे उनकी स्थिति हर रोज मजबूत होती जा रही थी। वे तोलोलिंग की चोटी पर बैठकर भारतीय फौज की हर गतिविधि पर नजर रख रहे थे। जब पाकिस्तानी आर्टिलरी के गोले लगातार श्रीनगर-लेह हाइवे को निशाना बनाने लगे तो यह जरूरी हो गया कि सबसे पहले तोलोलिंग को दुश्मनों से खाली करवाया जाए, साथ ही यह भी फैसला हुआ कि तोलोलिंग के आसपास की पहाड़ियों पर भी एक साथ ऑपरेशन शुरू किया जाएगा।

हमले की योजना तो बनाई जा रही थी, लेकिन अब तक हुए अनुभव बहुत खराब थे। सेना की छोटी टुकड़ियाँ जब घुसपैठियों को खदेड़ने के लिए

गईं तो चोटी पर बैठे दुश्मन ने गोला-बारूद का भी इस्तेमाल नहीं किया। ऊपर चढ़ते भारतीय सैनिकों पर बड़े-बड़े पत्थर गिराने शुरू कर दिए, सैकड़ों फीट की ऊँचाई से आ रहे ये पत्थर किसी गोली की तरह काम कर रहे थे। कई जवान इन पत्थरों की चपेट में आ गए। हालात बदतर होते जा रहे थे।

18 ग्रेनेडियर और नागा रेजीमेंट के जवानों को तोलोलिंग पर कब्जे का आदेश दिया गया। पहाड़ी पर दो तरफ से हमले की योजना बनी। सैनिकों को जीत के लिए 16000 फीट की ऊँचाई तक पहुँचना था और यहाँ तक पहुँचने का एक ही रास्ता था, रेंगकर जाना। दिन के वक्त रेंगना भी मुमकिन नहीं था, क्योंकि चोटी पर बैठा दुश्मन की सीधी नजर नीचे लगी हुई थी, इसलिए रात के वक्त हमले की योजना बनाई गई।

20 मई को 18 ग्रेनेडियर और 1 नागा के जवानों ने हमला शुरू किया, उस रात तापमान माइनस 5 से माइनस 11 डिग्री के बीच झूल रहा था। कड़ाके की ठंड चढ़ाई को और मुश्किल कर रही थी, ऊपर जाने के लिए सिर्फ रेंगते हुए ही जाया जा सकता था। 25 किलो का बैग गोला-बारूद से पैक था। कई जवानों ने तो 2 किलो के खाने के टिफिन की जगह उसमें गोलियाँ भर ली थीं। धीरे-धीरे आगे बढ़ते हुए 18 ग्रेनेडियर जैसे ही दुश्मन की फायरिंग रेंज तक पहुँचे उन पर ताबड़तोड़ गोलाबारी शुरू हो गई। दुश्मन ऊँचाई पर थे और उन्हें इस बात का फायदा मिल रहा था। पाकिस्तानी बंकर बेहद मजबूत थे और वहाँ से वे भारतीय सैनिकों की आँखों को निशाना बनाकर फायर कर सकते थे। यह हमला बुरी तरह नाकाम हो गया।

इसके बाद एक बार और तोलोलिंग की चोटी पर पहुँचने की कोशिश की गई, लेकिन कोशिशें नाकाम रहीं। तीसरे हमले के दौरान जब आगे बढ़ने का कोई रास्ता नजर नहीं आया तो 18 ग्रेनेडियर्स के मेजर राजेश अधिकारी ने एक और हमले की योजना बनाई। 28 साल के बहादुर मेजर राजेश अधिकारी तोलोलिंग की सबसे ऊँची चोटी की बाईं तरफ हंप तक पहुँचने में कामयाब हो गए। अब वे दुश्मन के बेहद नजदीक पहुँच चुके थे। जब वे चोटी से महज 15 मीटर की दूरी पर थे, तभी दुश्मन ने भारी फायरिंग शुरू कर दी। यह

पहले आक्रमण के लिए बोफोर्स की तैनाती

लड़ाई वहीं पर खत्म हो जाती और पहली जीत का सेहरा बँध जाता, लेकिन नियति को कुछ और ही मंजूर था। जवानों की तादात कम पड़ गई, दुश्मन ने मेजर राजेश अधिकारी और उनकी टुकड़ी को चारों तरफ से घेर लिया। दुश्मन से घिर जाने के बावजूद किसी सिपाही ने हिम्मत नहीं हारी, दोनों तरफ से बेहद नजदीकी लड़ाई हुई। मेजर राजेश अधिकारी और उनके सिपाहियों के पास कोई कवर नहीं था, जिसकी आड़ में वे गोलीबारी कर पाते।

आखिरकार मेजर राजेश अधिकारी, सूबेदार रणधीर सिंह, लांस नायक आर.के. यादव और ग्रेनेडियर प्रवीण कुमार शहीद हो गए।

हमला करने वाली इसी टुकड़ी में कैप्टन सचिन निंबालकर भी थे, घातक दस्ते की कमान उन्हीं के पास थी। मेजर राजेश अधिकारी को कवर फायर देते हुए वे भी दुश्मन के बहुत नजदीक पहुँच चुके थे। राजेश अधिकारी की शहादत के बाद पाकिस्तानियों को एहसास हो गया था कि नीचे भारतीय फौजी घात लगाए उनका इंतजार कर रहे हैं, इसलिए वे मेजर अधिकारी के शव को छू भी नहीं सके। कैप्टन सचिन दुश्मन के इतने नजदीक थे कि दोनों के बीच गालियों की बौछार हो रही थी।

मेजर अधिकारी के शव को वापस ले जाने को लेकर पाकिस्तानी फौजी कैप्टन सचिन निंबालकर को ताना मार रहे थे। पाकिस्तानी सिपाहियों

ने निंबालकर से कहा.. ऊपर आ जाओ सर...हमारे पास कोई हथियार नहीं है...मेजर अधिकारी का शव ले जाओ...निंबालकर ने जवाब दिया... मैं यहाँ तुम्हारे शव भी ले जाने आया हूँ।

तीन दिन तक कैप्टन सचिन निंबालकर और उनके साथी बिना खाए-पीए उसी जगह पर डटे रहे। अपने बहादुर अफसर की शहादत से पूरी बटालियन में शोक की लहर थी, उस रात मेस का चूल्हा नहीं जला।

मेजर अधिकारी के साथी बताते हैं कि वे जब तोलोलिंग के लिए कूच कर रहे थे, तभी उनके घर से चिट्ठी आई। मेजर शायद यह जान गए थे कि जवाबी चिट्ठी से पहले उनकी शहादत का संदेश उनके घर तक पहुँच जाएगा। इसलिए उस वीर अफसर ने चिट्ठी को अपनी जेब में तो रख लिया, लेकिन पढ़ा नहीं। मेजर अधिकारी ने शहादत से पहले 18 ग्रेनेडियर को तोलोलिंग में उस जगह तक पहुँचा दिया, जहाँ से अब भारतीय सेना जीत हासिल करने के लिए बड़ी रणनीति बना सकती थी।

तीन हमलों की नाकमी ने चोटी पर बैठे दुश्मन की ताकत बता दी थी। अब तक जो भी सोचा गया था, हालात बिल्कुल उसके उलट थे। घुसपैठियों की आड़ में बैठे पाकिस्तानी भारी हथियारों से लैस थे और उनके पास कई दिनों के लिए खाने-पीने का सामान था। पूरे हालात से ब्रिगेड कमांड को अवगत कराया जा चुका था, बात दिल्ली तक पहुँच रही थी। राजनीतिक तौर पर फैसला हो चुका था कि एल.ओ.सी. पार किए बिना ही दुश्मन को खदेड़ना है।

ऑपरेशन सफेद सागर

तोलोलिंग के अलावा टाइगर हिल पर भी दुश्मन अपनी पकड़ मजबूत करके बैठा था, इसलिए रणनीति को बदला गया। भारतीय वायु सेना ने भी अब आर्मी के साथ मिलकर ऑपरेशन शुरू कर दिया। 26, 27 और 28 मई को एम.आई.-17 हेलीकॉप्टर्स ने टाइगर हिल और तोलोलिंग की चोटियों पर बैठे दुश्मनों को निशाना बनाया। इस ऑपरेशन में एयरफोर्स को भी कड़ी चुनौतियों का सामना करना पड़ा।

24 मई तक यह फैसला हो गया कि अब एयरफोर्स को बुलाया जाए। इस इलाके में एम.आई.-35 हेलिकॉप्टर तैनात थे। एम.आई.-35 हेलीकॉप्टर केवल 10 हजार फीट की ऊँचाई तक उड़ान भर सकते थे, जबकि दुश्मन 16000 फीट की ऊँचाई पर मजबूत बंकरों में बैठे थे। उसी वक्त एयरफोर्स ने एक अनूठा फैसला लिया, अब तक जवानों को ले जा रहे एम.आई.-17 हेलीकॉप्टर को हमला करने` लिए चुना गया। एम.आई.-17 इतनी ऊँचाई तक उड़ान भर सकता था, जहाँ दुश्मन ने मोर्चाबंदी की थी। श्रीनगर एयर बेस पर इन हेलिकॉप्टर्स को तैयार किया जाने लगा। हेलिकॉप्टर को दुश्मन के ठीक सामने जाकर रॉकेट दागने थे और इसी वक्त दुश्मन चॉपर को निशाना बना सकते थे। मिशन कठिन था, जान का खतरा साफ-साफ मँडरा रहा था, लेकिन इन बहादुरों को मौत ने कहाँ रोका है।

तोलोलिंग पर पाकिस्तान की नार्दन लाइट इन्फेंट्री के जवानों के अलावा स्पेशल ऑपरेशन ग्रुप के कमाडों भी थे। पाकिस्तानी हवाई हमले का जवाब देने की तैयारी भी करके आए थे। उनके पास एंटी एयरक्राफ्ट गन के साथ-साथ सतह से हवा में मार करनेवाली मिसाइल और स्ट्रिंगर मिसाइल भी थी।

28 मई की सुबह मिग-21 और मिग-27 लड़ाकू जहाजों के शोर से करगिल थर्रा उठा। लड़ाकू जहाजों ने दुश्मन को निशाना बनाकर रॉकेट और बम दागने शुरू कर दिए। लड़ाकू विमानों के हमले का शोर थमा भी नहीं था कि एम.आई.-17 हेलीकॉप्टर्स ने दुश्मन पर हमला बोल दिया। नूबरा वॉरियर्स के जाँबाज पायलट ये जानते थे कि वे दुश्मन की मिसाइल की सीधी रेंज में हैं, बावजूद इसके उन्होंने जोखिम लिया और सामने आकर धावा बोल दिया। इस दौरान दुश्मन ने हेलीकॉप्टर्स पर फायरिंग शुरू कर दी।

28 मई को सुबह 11 बजे पाकिस्तानियों की एक स्ट्रिंगर मिसाइल ने एक हेलीकॉप्टर को अपनी जद में ले लिया। स्वॉडर्न लीडर राजीव पुंडीर, फ्लाइट लेफ्टिनेंट सुब्रमण्यम मुहिलन, सार्जेंट पीवीएनआर प्रसाद और सार्जेंट राजकिशोर साहू इस हमले में शहीद हो गए।

पॉइंट 5190 पर भारतीय जवान

2 जून को फिर से हमला किए जाने की योजना बनी। लेफ्टिनेंट कर्नल विश्वनाथन ने हमला करनीवाली टुकड़ी की कमान सँभाली। विश्वनाथन इस हमले के लिए तोपों की मदद चाहते थे, लेकिन हेडक्वार्टर ने मदद देने से इनकार कर दिया। विश्वनाथन भाँप गए कि बिना तोपों की मदद से तोलोलिंग जीतना नामुमकिन है, फिर भी उन्होंने हमला करने की योजना को बरकरार रखा।

6 घंटे की कठिन चढ़ाई के बाद वे उस जगह पहुँचे, जहाँ पर 18 ग्रेनेडियर की पहली टुकड़ी हमला कर चुकी थी। दुश्मन सामने था, इसलिए आराम करने का कोई मौका नहीं था। जवान अपनी थकान भूल गए और दुश्मन पर धावा बोल दिया। मेजर अधिकारी का शव अभी भी उस जगह पर पड़ा हुआ था, जहाँ पर दुश्मन भारी फायरिंग कर रहे थे। लेफ्टिनेंट कर्नल विश्वनाथन ने मेजर अधिकारी के शव को लाने कोशिश की, लेकिन वे नाकाम रहे। काफी देर तक दुश्मन से लड़ने के बाद आखिरकार एक गोली विश्वनाथन को लग गई। लेफ्टिनेंट कर्नल विश्वनाथन शहीद हो गए।

एक के बाद एक दो अफसरों और दूसरे जवानों की शहादत ने करगिल से लेकर दिल्ली तक के रणनीतिकारों को हिलाकर रख दिया। सेना की कमांड तक यह संदेश साफ तौर पर पहुँच चुका था कि बिना आर्टिलरी की मदद के यह लड़ाई जीतना मुश्किल है। अगर आर्टिलरी सपोर्ट नहीं मिला तो

हम अपने जवानों की शहादत के गवाह बनते रहेंगे और दुश्मन उन चोटियों पर कब्जा जमाए रखेगा।

आखिरकार फैसला हुआ कि तब तक कोई मूवमेंट नहीं होगी, जब तक आर्टिलरी की मदद नहीं मिलती। अब यह जंग एक बड़ी करवट लेने वाली थी। भारतीय तोपों का मुँह खुलने वाला था। आर्टिलरी ब्रिगेड को जंग के मैदान में पहुँचने का हुक्म सुना दिया गया। मई के आखिरी दिनों में द्रास में तैनात आर्टिलरी ब्रिगेड ने दुश्मन पर निशाना साधने के लिए तोपों की तैनाती की रणनीति बनानी शुरू कर दी।

पाकिस्तानियों ने अपनी आर्टिलरी को बेहद सटीक रणनीति के साथ तैनात किया। उनकी तोपें पहाड़ों के बीच बनी खाइयों में ऐसी जगहों पर थीं, जहाँ जवाबी हमला मुश्किल होता था। इसके अलावा पाकिस्तान के पास वह रेडार भी था, जिससे वह भारत की आर्टिलरी का पता लगा सकता था। भारत की आर्टिलरी पावर उस सेक्टर में पाकिस्तान का जवाब देने के लिए पर्याप्त नहीं थी। भारतीय फौज के पास दुश्मन की आर्टिलरी का पता लगाने के लिए रेडार भी नहीं था। भारत के पास जो फायर पावर थी, वह उन चोटियों तक नहीं पहुँच सकती थी, जहाँ दुश्मन मजबूत बंकरों में बैठे हुए थे। ये सारी स्थितियाँ उस वक्त पलट गईं, जब बोफोर्स को युद्ध के मैदान में लाया गया। बोफोर्स के आने से भारतीय सेना की फायर पावर में जबरदस्त इजाफा हुआ और दुश्मन के पास इसका कोई जवाब नहीं था। इसके बावजूद समस्या अभी खत्म नहीं हुई थी।

इन तोपों की तैनाती को चोटी पर बैठा दुश्मन आसानी से देख सकता था, इसलिए यह काम भी चुनौती भरा होनेवाला था। जून के पहले हफ्ते तक भारतीय फौज के पास 105 मिलिमीटर, 130 मिलिमीटर और 155 मिलिमीटर की बोफोर्स तोपें आ गईं। करगिल से लेकर बटालिक तक चोटी पर बैठे पाकिस्तानी सैनिकों की नजर में अगर ये तोपें आ जातीं तो भारतीय प्लान फेल हो सकता था, इसलिए बेहद सावधानी के साथ इन तोपों को एक जगह से दूसरी जगह पहुँचाया गया।

गुमरी और मताइन में कुछ खास जगहों पर तोपों को तैनात किया गया। ये सारी गतिविधियाँ रात के वक्त की जाती थीं। तोपों को खींचनेवाले सेना के ट्रक हेडलाइट नहीं जलाते थे, दो जवान ट्रकों के आगे चल रहे थे, वे एक छोटी सी टॉर्च की लाइट कुछ सेकेंड के लिए जमीन पर डालते और उसी वक्त ट्रक के ड्राइवर को यह समझ जाना होता था कि उसे किस हिस्से में जाना है। यह काम बेहद धीमा, कठिन और उबाऊ था, लेकिन सब यह जानते थे कि अगर तोपों की जानकारी दुश्मन को लग गई तो फिर प्लानिंग फेल हो सकती है और अगर इस बार प्लान फेल हो जाता तो करगिल की चोटियों पर कब्जा जमाए पाकिस्तानियों को निकालना और मुश्किल हो जाता।

तोपों को इस तरह से तैनात किया गया कि वे पहाड़ियों के बीच बनी जगहों पर रहें, जिससे की दुश्मन सीधे उन्हें देख न सके। अगर पाकिस्तान को इन तोपों की जगह का अंदाजा हो जाता तो वह वहाँ पर भी गोले गिरा सकता था। 7 जून तक तोपों की तैनाती का काम पूरा हो गया। आर्टिलरी अपनी रिहर्सल में लग गई और उन जगहों का चुनाव किया जाने लगा, जहाँ पर दुश्मन की चौकियाँ हैं। इस बीच सैनिकों को 24 घंटे के लिए तोपों की सुरक्षा में भी तैनात कर दिया गया। आशंका थी कि पाकिस्तानी कमांडों आर्टिलरी पोजीशन पर धावा बोल सकते हैं। सबको चौकन्ना रहने का आदेश दिया गया। अब आखिरी हमले का वक्त नजदीक आ चुका था।

पहले 20 मई, उसके बाद 2 जून को किए गए हमलों में 18 ग्रेनेडियर्स को भले ही कामयाबी हाथ न लगी हो, लेकिन वे दुश्मन के इतने करीब पहुँच चुके थे कि अब होनेवाले किसी भी हमले के लिए वे सबसे बेहतर गाइड का काम कर सकते थे। 18 ग्रेनेडियर्स दुश्मन के बेहद करीब मोर्चा जमाकर बैठे हुए थे। उन्हें तब तक वहाँ डटे रहना था, जब तक अगले हमले के लिए भारतीय फौज उन तक न पहुँच जाए। राजपुताना रायफल्स को तोलोलिंग पर विजय पताका फहराने का हुक्म सुना दिया गया।

2 राजपुताना रायफल की कमान कर्नल बी.एम. रविंद्रन के हाथों में थी। कर्नल रविंद्रन अब तक जान गए थे कि तोलोलिंग जीतना कितना जरूरी है

और उनके रास्ते में क्या-क्या रुकावटें आनेवाली हैं। इन परिस्थितियों के बीच कर्नल रविंद्रन के पास सबसे बड़ा हथियार था तोपखाना, जिसमें बोफोर्स जैसी तोपें शामिल थीं।

राजपुताना रायफल ने हमले की तैयारी शुरू कर दी। आखिरी हमला करने से पहले कई बार रिहर्सल की गई और यह तय कर लिया गया कि इस बार खाली हाथ वापस नहीं लौटना है।

तोलोलिंग पर हमला करने के लिए तीन टीमें बनाई गईं। राजपुताना रायफल्स के 90 बहादुर जवान इन तीन टीमों में बराबर बाँट दिए गए। मेजर विवेक गुप्ता, मेजर मोहित, मेजर आचार्य, कैप्टन विजयंत थापर और कैप्टन केनगुरुजे के साथ लेफ्टिनेंट कर्नल रवींद्रन ने आखिरी रणनीति बनाई।

तीनों टीमों को अभिमन्यु, भीम और अर्जुन के नाम से कोड दिया गया। तीन टीमों को तीन अलग-अलग दिशाओं से हमला करना था। एक टीम को सीधे ऊपर चढ़ना था, दूसरी टीम को पहाड़ियों के पीछे से हमला करके चौंकाना था, इस टीम को यह भी सुनिश्चित करना था कि चोटी पर बैठे पाकिस्तानी सैनिकों की सप्लाई लाइन को काट दिया जाए, ताकि हमले की

अपने पति को सलामी देती मेजर विवेक गुप्ता की पत्नी

स्थिति में उन तक कोई मदद न पहुँचे। हमले से पहले जे.सी.ओ. भँवर सिंह अपने कमांडिंग ऑफिसर लेफ्टिनेंट कर्नल रवींद्रन के पास पहुँचे और उन्हें अगली सुबह तोलोलिंग की चोटी पर आने का न्योता दे दिया। सूबेदार भँवर सिंह ने कहा, "साहब आप कल सुबह तोलोलिंग पर आना, हम आपको वहीं मिलेंगे।"

भारतीय फौजी अब पूरी तरह जोश से भर चुके थे, उनके सामने एक ही लक्ष्य था···तोलोलिंग। हमला करने से पहले फौजियों ने अपने घरों को चिट्ठियाँ लिखीं, ये चिट्ठियाँ तभी भेजी जानी थीं, अगर वे जंग के मैदान से लौट न पाएँ। 18 ग्रेनेडियर के बहादुर जवान तोलोलिंग में 3 जगहों पर दुश्मन के करीब बैठे थे, राजपुताना रायफल्स के लिए यहाँ तक का रास्ता साफ था, कठिनाई तो आगे आनेवाली थी।

12 जून, 1999 को वह वक्त भी आ गया, जब भारतीय सेना अपनी पूरी ताकत के साथ मंजिल का ओर बढ़ने लगी। शाम साढ़े 6 बजे एक साथ 120 तोपों के मुँह खोल दिए गए। सबसे पहले बोफोर्स से हमला किया गया, उसके बाद छोटी तोपों से दुश्मन के बंकर उड़ाए गए। एक के बाद एक गोले तोलोलिंग की चोटियों पर बने दुश्मन के बंकरों को तबाह करने लगे। उस

तोलोलिंग का बर्बाद बंकर

रात 50 हजार किलो बारूद तोलोलिंग की चोटियों पर दागा गया। यह रात दीवाली थी, इस हमले में मौजूद अफसरों ने बताया कि एक के बाद एक पाकिस्तानी बंकर तबाह हो रहे थे, तोलोलिंग की चोटियाँ हिलने लगी थीं। इस बीच पाकिस्तानी आर्टिलरी ने बोफोर्स की पोजीशन पर गोले दागने शुरू कर दिए, लेकिन इस बार हमारा इंतजाम पुख्ता था। भारतीय पैरा कमांडो पहले से ही दुश्मन की आर्टिलरी पोजीशन का ठिकाना बता चुके थे, इसलिए बोफोर्स ने अब रुख बदला और एल.ओ.सी. के उस पार पाकिस्तानी आर्टिलरी पर हमला शुरू कर दिया। पाकिस्तान पस्त हो गया, बोफोर्स के हमले से उसकी आर्टिलरी खामोश हो गई।

बोफोर्स ने पाकिस्तानियों के बंकर तो बर्बाद कर दिए, लेकिन तोप का गोला उन खाइयों तक नहीं जा सकता था, जहाँ पाकिस्तानी फौजी छिपकर बैठे थे। पाकिस्तानियों को भारी नुकसान हुआ था, उनके बंकर्स बर्बाद हो गए। इसके बावजूद वे खाइयों की मदद से अपना गोला-बारूद बचाने में कामयाब हो गए थे।

जैसे ही आर्टिलरी फायरिंग बंद हुई राजपुताना रायफल्स की टुकड़ियों ने तोलोलिंग की ऊपरी चोटियों पर धावा बोल दिया। राजा रामचंद्र की जय के युद्धघोष के साथ भारतीय सैनिक दुश्मनों पर टूट पड़े। भारतीय फौजी जैसे ही आगे बढ़े पाकिस्तानियों ने मशीनगन से फायरिंग शुरू कर दी। हमारे सिपाही ऊपर की तरफ चढ़ रहे थे और पाकिस्तानी नीचे की तरफ गोलियाँ बरसा रहे थे। जिंदगी और मौत दोनों हथेलियों पर थीं। किसी को भी जान की परवाह नहीं थी, बस एक ही जुनून था कि तोलोलिंग की चोटी पर बैठे दुश्मन का खात्मा करना है।

पाकिस्तानी अपनी पोस्ट पर लगी मशीनगन से फायर कर रहे थे, एक सेकेंड में ही गोलियाँ शरीर को छलनी करने के लिए काफी थीं, लेकिन भारतीय सिपाही जान की परवाह किए बिना आगे बढ़ते रहे। तभी कुछ सिपाही कठिन चढ़ाई में भी जमीन पर रेंगकर आगे बढ़े और उस पोस्ट पर ग्रेनेड दाग दिए, जहाँ से मशीनगन फायर कर रही थी। एक ही पल में पाकिस्तानियों को

बड़ा झटका लगा, उनका आक्रमण ढीला पड़ने लगा।

एक पोस्ट बर्बाद हुई तो सिपाहियों का हौसला बढ़ने लगा, दुश्मन की पोस्ट पर नजदीक से जाकर ग्रेनेड दागते हुए हवलदार यशवीर सिंह तोमर शहीद हो गए। अब भारतीय सैनिक दुश्मन के बेहद करीब आ चुके थे, सुबह साढ़े तीन बजे तक दुश्मन के साथ बाजुओं की लड़ाई होने लगी। एक-एक सिपाही दुश्मन पर कहर बनकर टूट पड़े।

इस बीच प्वाइंट 4590 की तरफ बढ़ते हुए मेजर विवेक गुप्ता दुश्मन के बेहद नजदीक पहुँच चुके थे, उनके ठीक सामने एक बंकर था, जिसकी फायरिंग की वजह से भारतीय सैनिक आगे नहीं बढ़ पा रहे थे। मेजर गुप्ता अपने 7 साथियों के साथ घातक दस्ते की कमान सँभाले हुए थे। एल.एम.जी. से लैस मेजर गुप्ता का दस्ता दुश्मन को बर्बाद करता हुआ आगे बढ़ रहा था, तभी सामने से दुश्मन ने हैवी फायरिंग शुरू कर दी। इस फायरिंग की परवाह न करते हुए मेजर गुप्ता और उनके साथी आगे बढ़े और सात पाकिस्तानी सिपाहियों को भून दिया। इस लड़ाई में मेजर गुप्ता और उनके साथी शहीद हो गए। मेजर गुप्ता के दस्ते ने रास्ता साफ कर दिया था, अब राजपुताना रायफल्स के जवानों ने बाकी बचा काम पूरा करना शुरू कर दिया। जहाँ भी दुश्मन दिखे उन पर ताबड़तोड़ हमले किए गए। एक-एक बंकर से निकाल-निकालकर दुश्मनों को मारा गया। भारतीय फौज के हमले के बाद दुश्मन के कई सिपाही अपनी पोस्ट छोड़कर भाग खड़े हुए। युद्ध के दौरान सूबेदार भँवर सिंह ने दुश्मन पर इतनी तेजी से प्रहार किए कि वे बौखला गए। सूबेदार भँवर सिंह नहीं चाहते थे कि उनके जवानों की शहादत हो इसलिए उन्होंने खुद को झोंक दिया और शहीद हो गए। सुबह साढ़े चार बजे यह संदेश पहुँचा दिया गया कि भारतीय सेना ने तोलोलिंग फतह कर ली है।

नियति देखिए कि देहरादून के रहनेवाले मेजर विवेक गुप्ता ने 12 जून, 1992 में फौज में सर्विस शुरू की और 13 जून 1999 को वे शहीद हो गए। मेजर गुप्ता की पत्नी भी फौज में थीं, फौज की परंपराओं और भारतीय नारी के साहस और गौरव का उत्कृष्ट उदाहरण पेश करते हुए उन्होने अपने पति

को पूरी फौजी वर्दी के साथ आखिरी सेल्यूट दिया। एक पत्नी ने जब अपने पति को इस तरह की आखिरी विदाई दी तो पूरा वातारवरण 'भारतमाता की जय' के नारों के साथ गूँज उठा। यही तो भारतीय हैं और यही भारतमाता हैं।

सुबह-सुबह का नजारा गर्व और गम से भर देनेवाला था। भारतीय सेना के 4 अफसरों के साथ-साथ 23 जवान शहीद हो चुके थे। 70 से ज्यादा जवान घायल थे और उनमें भी कुछ जवान तो इतनी बुरी तरह घायल हो गए थे कि इस लड़ाई के बाद उन्हें मेडिकल ग्राउंड पर रिटायर करना पड़ा। जे.सी.ओ. भँवर सिंह अपने कमांडर कर्नल रवींद्रन को सुबह जीत के बाद तोलोलिंग की चोटी पर आने का न्योता देकर आए थे। कर्नल तो पहुँच गए लेकिन सूबेदार भँवर सिंह शहीद हो चुके थे।

दूसरी तरफ पचास से ज्यादा पाकिस्तानी जवानों की लाशें तोलोलिंग की चोटी पर पड़ी थीं। पाकिस्तानी अपने साथ कई महीनों का राशन लेकर आए थे। कुछ अफसरों ने मुझे बताया कि हमने सुबह का नाश्ता पाकिस्तानी सैनिकों द्वारा जमा किए गए घी, शहद और ड्राइ फ्रूट्स से ही किया। भारतीय सैनिक जो करीब बीस दिन से इस चोटी पर फँसे हुए थे, उन्होंने खाने के सामान में हिंदुस्तानी-पाकिस्तानी का भेद नहीं किया। ये तो कुदरत की बनाई हुई चीजें हैं इन्हें इंसान कैसे बाँट सकता है, इसलिए जीत के बाद निर्विकार भाव से पाकिस्तानी राशन का नाश्ता किया।

उस सुबह तोलोलिंग की चोटी पर कैमरे चमके, तिरंगा हाथ में थामकर हर सिपाही ने फोटो खिंचवाई। बटालियन से लेकर हेडक्वार्टर तक में खुशी की लहर दौड़ गई। 'ऑपरेशन विजय' की ये पहली जीत थी, लेकिन काम अभी पूरा नहीं हुआ था।

तोलोलिंग की दाईं ओर नोल, हंप और 3 पिपंल्स हैं। हंप की तरफ से पाकिस्तान दुबारा हमला करके तोलोलिंग को फिर से कब्जे में लेने की कोशिश कर सकता था, इसलिए इन चोटियों पर फतह के बिना तोलोलिंग की जीत अधूरी थी।

हंप पर फतह का जिम्मा 18 ग्रेनेडियर्स के मेजर जॉय दासगुप्ता को दिया

गया। आउटलुक पत्रिका के लिए पत्रकार अनिरुद्ध बहल के साथ बातचीत में मेजर जॉय दासगुप्ता ने बताया कि 14 जून को हंप पर किया गया किस तरह से हमले को अंजाम दिया गया। 90 जवानों की दो कंपनी हंप की ओर बढ़ीं, लेकिन इस बार दुश्मन ज्यादा सतर्क थे। पाकिस्तानी सैनिकों को पता चल चुका था कि तोलोलिंग की मुख्य चोटी उनके हाथ से निकल चुकी है, इसलिए इस बार वे पहले से तैयार थे, उनका यह भ्रम भी टूट चुका था कि इतनी ऊँचाई पर भारतीय फौज दुबारा हमला नहीं कर सकती।

हालाँकि हमले से पहले भारतीय टुकड़ी को आर्टिलरी सपोर्ट मिला, लेकिन पाकिस्तानी बंकरों के अंदर सुरक्षित जगहों पर छिपे हुए थे।

मेजर दासगुप्ता ने जैसे ही हंप की चढ़ाई शुरू की चोटी पर बैठे पाकिस्तानी सैनिकों ने आर्टिलरी फायरिंग शुरू कर दी। 12 सैनिक उस आर्टिलरी फायरिंग में शहीद हो गए, जबकि सात बुरी तरह से घायल हो गए। ज्यादातर सिपाहियों को जवानों के शव ले जाने के लिए नीचे भेज दिया गया। घायल जवानों के साथ भी कुछ जवानों को भेजना पड़ा। मशीनगन से फायरिंग शुरू कर दी गई।

90 जवानों में से अब हमलावर टुकड़ी में केवल 17 जवान बचे थे। इस छोटी सी टुकड़ी ने फैसला किया कि वे अब पीछे नहीं हटेंगे। मेजर दासगुप्ता ने रणनीति बनाई की दुश्मन के बंकरों पर ऊपर की तरफ से हमला किया जाए।

दुश्मन ने इस हमले की कल्पना नहीं की थी, वे मशीनगन से ताबड़तोड़ फायरिंग करने लगे, लेकिन इस बार बारी भारतीय फौज की थी। हंप पर पाकिस्तानियों के आठ बंकर बर्बाद कर दिए गए। मेजर दासगुप्ता ने बताया कि हवलदार दशरथ लाल दूबे और हवलदार ऊधम सिंह ने दुश्मनों के छक्के छुड़ा दिए। दोनों में होड़ लग गई कि कौन दुश्मन के कितने सिपाहियों को मारता है।

दुश्मन मेजर दासगुप्ता पर लगातार फायरिंग कर रहे थे। हवलदार ऊधम सिंह ने सामने से मोर्चा लेने की ठानी। दशरथ लाल ने उसे बंकर की

आड़ लेने को कहा, लेकिन जवाब में ऊधम ने कहा कि दुश्मन मुझ पर फायरिंग नहीं कर रहे हैं···वे तो मेजर साहब को निशाना बना रहे हैं। उसी वक्त दुश्मन की एक गोली ऊधम सिंह की छाती पर लगी। मरने से पहले ऊधम सिंह ने कहा, "अरे दशरथ गोली लग गई। इसके बाद हवलदार ऊधम सिंह शहीद हो गए।"

इसके बाद आनेवाले दिनों में 3 पिंपल और नोल पर भी भारतीय फौज का कब्जा हो गया। तोलोलिंग की जीत ने अब लड़ाई का रुख बदल दिया। दुश्मन अभी भी कई चोटियों पर कब्जा किए बैठे थे। आगे एक लंबी लड़ाई बाकी थी, 'ऑपरेशन विजय' को अभी और बड़े हमले देखने थे।

□

संदर्भ सूची

1. बडगाम की लड़ाई ने कश्मीर बचा लिया—1948

- भारतीय सेना की वेबसाइट—https://indianarmy.nic.in/Site/FormTemplete/frmPhotoGalleryWithMenuWithTitle.aspx ?MnId=2Pwahif8HdqOi1PBZoUcTw==&ParentID=h3OfdBXIiSKpFIoO2GCsmQ==
- (Sinha, Lt. Gen. S.K. (1977). Operation Rescue:Military Operations in Jammu & Kashmir 1947-49.)
- Sinha, Lt. Gen. S.K. (1977). Operation Rescue:Military Operations in Jammu & Kashmir 1947-49. New Delhi: Vision Books. p. 174
- Major Defence Operations Since 1947
- by Group Captain Ranbir Singh (Retd) (Author) Ocean Books.

2. हैदराबाद विलय में सेना का शौर्य—1948

- वी.पी. मेनन की पुस्तक 'द स्टोरी ऑफ इंटीग्रेशन ऑफ द इंडियन स्टेट्स'
- Menon, V. P. (1956), The Story of Integration of the Indian States (PDF), Orient Longman
- श्रीनाथ राघव की पुस्तक 'वॉर एंड पीस इन मॉडर्न इंडिया'
- Raghavan, Srinath (2010), War and Peace in Modern India
- Noorani, A. G. (2014), The Destruction of Hyderabad, Hurst & Co
- ए जी नूरानी की पुस्तक 'द डिस्ट्रक्शन ऑफ हैदराबाद'
- "Official Indian army website complete Roll of Honor of Indian KIA". Indianarmy.nic.in. Retrieved 2015-08-12.

3. वेलोंग में चीन की नाक तोड़ दी—1962

- LN Subramanian's article inhttp://www.bharat-rakshak.com/ARMY/history/1962war/263-walong.html
- https://www.business-standard.com/article/news-ani/soldier-in-silence-unveiled-as-tribute-to-battle-of-walong-martyrs-114111700569_1.html
- By Lt Gen H S Panag | Jun 21, 2016
- https://www.newslaundry.com/2016/06/21/havaldar-kripa-ram-the-hero-of-the-battle-of-walong
- https://improveacrati.wordpress.com/2010/11/18/the-battle-of-walong-oct-21st-nov-17th-1962/

4. दुनिया का सबसे खतरनाक युद्ध-रीज़ांग ला—1962

- Col. NN Bhatia's article in
- http://www.bharat-rakshak.com/ARMY/history/1962war/414-rezang-la.html
- https://indianarmy.nic.in/Index.aspx

5. नूरानांग की वादियों में गूंजती है बाब जसवंत की बहादुरी—1962

- https://indianarmy.nic.in/Index.aspx
- Singh Gp Capt, Ranbir (2009). Memorable War Stories. Prabhat Prakashan
- https://defenceforumindia.com/forum/threads/baba-jaswant-singh-the-ghost-who-keeps-vigil-on-the-border-of-china.17317/

6. लाहौर की वो नहर पाकिस्तानियों के खून से लाल हो गई—1965

- Major Defence Operations Since 1947
- by Group Captain Ranbir Singh (Retd) (Author) Ocean Books.

7. जब भारतीय सेना के टैंको ने दिया 'असल उत्तर'—1965

- The Param Vir Chakra Winners' home page for Company Quarter Master Havildar Abdul Hamid indianarmy.nic.in

- R.D. Pradhan & Yashwantrao Balwantrao Chavan (2007). 1965 War, the Inside Story: Defence Minister Y.B. Chavan's Diary of India-Pakistan War. Atlantic Publishers & Distributors. p. 47. ISBN 978-81-269-0762-5.
- "Battle of Asal Uttar-Largest Tank Battle Since World War II Mission & Wars". Veer by Discovery.

8. हाजीपीर की मुश्किल लड़ाई और जीत—1965

- (Col. Bhaskar Sarkar http://www.indiandefencereview.com/spotlights/battle-of-hajipir-pass-1965/)
- (https://idsa.in/jds/9_3_2015_BattleofHajiPir)
- (Shivam Tiwari in https://defencelover.in/battle-haji-pir-pass-indian-special-forces/)

9. लोंगेवाला को पाकिस्तान का कब्रगाह बना दिया—1971

- Colonel Anil Shorey (Retd) Sainik Samachar- Vol.52, No.4, 16-28 February 2005
- Indivisible Air Power, Strategic Analysis, Institute for Defence Studies and Analyses, 1984, v.8, 1185-1202
- Suresh, Kukke, Wg. Cdr. (Retd), Battle of Longewala: 5 and 6 December 1971, 1971 India Pakistan Operations, http://www.bharat-rakshak.com

10. बाउंड्री पिलर 638 पर दुश्मन को दिन दहाड़े मारा—1971

- Col N N Bhatia (Retd)
- https://www.bharat-rakshak.com/ARMY/history/1971war/417-the-lord-of-border-post-638.html

11. बसंतार में पाकिस्तान की छाती को चीर दिया—1971

- https://mod.gov.in/
- https://web.archive.org/web/20041204124710/http://poonahorse.com/history_indopak2.htm
- 1971 War: Battle of Shakargarh Bulge By Maj Gen Sukhwant Singh

- http://www.indiandefencereview.com/spotlights/1971-war-battle-of-shakargarh-bulge/

12. सियाचिन में पाकिस्तान देखता रह गया—1984

- "Operation Meghdoot: How India Captured Siachen Battle Ops". Veer by Discovery.
- http://www.bharat-rakshak.com/ARMY/history/siachen/290-confrontation.html
- Pervez Musharraf (2006). In the Line of Fire: A Memoir. Free Press

13. सियाचिन में पाकिस्तान के अजेय किले को ढहा दिया—1987

- "Operation Meghdoot: How India Captured Siachen Battle Ops". Veer by Discovery.
- L.N. Subramanian. "Confrontation at Siachen, 26 June 1987". Bharat Rakshak. Archived from the original
- "Naib Subedar Bana Singh". Bharat Rakshak. Archived from the original

14. मालदीव से सारे कैक्टस हटा दिए—1988

- "Operation Cactus". Bharat-Rakshak.com. Archived from the original on 21 September 2009.
- Institute of Peace and Conflict Studies Archived 2 October 2006 at the Wayback Machine.

16. तोलोलिंग से जीत की शुरुआत—1999

- L.N. Subramanian. A Ridge Too Far - Battle for Tololing
- https://www.bharat-rakshak.com/ARMY/history/kargil/307-battle-for-tololing.html
- https://www.captainvijyantthapar.com/finalassault.html

□□□